दिल से समर्पित

'प्यार सबसे ऊँची भावना है,
प्यार के सहारे बाकी सभी भावनाओं को बदला जा सकता है'
−माँ

आस्था और प्यार

संगीता माहेश्वरी दिल्ली विश्वविद्यालय से इकोनामिक्स में स्नातक हैं और सिस्टम्स अनालिसिस में डिप्लोमाधारी हैं। समग्र जीवनशैली और वैकल्पिक उपचारों में इनकी विशेष रुचि है। इन्होंने मैक्रोबायोटिक जीवनशैली और रेकी में अध्ययन व प्रशिक्षण प्राप्त किया है तथा 'आत्म' के बारे में जागरूकता बढ़ाने व तनाव और उत्तेजना को कम करने संबंधी विषयों पर इन्होंने लंदन में कार्यशालाएं आयोजित की हैं। अपने पति के साथ मिलकर इन्होंने दि माहेश्वरी फाउंडेशन नामक धर्मार्थ संस्था की स्थापना की है, जिसके माध्यम से वे भारत में वंचित बच्चों के सशक्तीकरण के लिए काम करती हैं। संगीता एक विश्व नागरिक हैं जो लंदन में अपने पति व दो बच्चों के साथ रहती हैं।

अधिक सूचना के लिए देखें www.sangeetamaheshwari.com

आस्था और प्यार

खाटू श्याम और माँ का आभार

संगीता माहेश्वरी

रूपा

प्रकाशित

रूपा पब्लिकेशंस इंडिया प्राइवेट लिमिटेड 2016

7/16, अंसारी रोड, दरियागंज

नई दिल्ली 110002

सेल्स सेन्टर:

इलाहाबाद बेंगलुरू चेन्नई

हैदराबाद जयपुर काठमाण्डू

कोलकाता मुम्बई

ISBN: 978-81-291-3884-2

प्रथम संस्करण 2016

10 9 8 7 6 5 4 3 2 1

माँ को पुष्पांजली

अपनी आँखें बंद करके जब मैं माँ के बारे में सोचती हूँ, तो मेरे मन में एक ऐसे सागर की तस्वीर उभरती है जिसकी प्यार से भरी लहरें जीवन की कठिनाइयों को हौले-से बहा ले जाती हैं। इसके बाद सत्य, शांति और आशा की किरणों से बना एक इंद्रधनुष मन के आकाश पर उभर आता है।

उनसे जुड़ते ही मेरे विचारों का कोहरा अचानक दूर हो जाता है और सब कुछ एकदम साफ-साफ दिखने लगता है। मैं अब उनसे हकीकत में तो बात नहीं कर सकती, लेकिन अपने इर्द-गिर्द मुझे उनकी मौजूदगी का अहसास होता है और मैं जानती हूँ कि हमेशा की तरह उनका आर्शीवाद मुझ पर बना हुआ है।

मैं जब पाँच साल की थी, तब माँ ने मेरी उँगली पकड़ी थी और अपने आँचल की छाँव में मुझे खींच लिया था। वे अपना ज्ञान मुझसे साझा करती थीं और अपनी करुणा से मुझे राह दिखाती थीं। उनकी सहज, लेकिन अहम सलाह ने मुझे अपनी जिंदगी के झंझावातों से उबरने में मदद की। आज चालीस साल बाद वे मेरी चेतना का हिस्सा हैं। मैं उनकी मौजूदगी को

अपने दिल के भीतर महसूस कर सकती हूँ, जो मुझे एक ऐसे अपहचाने रास्ते पर चलने को प्रेरित करती है ताकि मैं एक नई ऊँचाई और मंजिल पर पहुँच सकूँ।

धैर्य, उदारता, आस्था और प्यार के कारण माँ की छवि जीवन से भी कहीं ज्यादा विराट है।

वे एक साथ दो जीवन जीती थीं—सांसारिक जीवन और आध्यात्मिक जीवन।

यह जानना सुखद और चमत्कारिक होगा कि कैसे उन्होंने दोनों के बीच हर वक्त एक सहज तालमेल को बनाए रखा।

माँ उपदेश नहीं देती थीं। उनका जीवन और रोजमर्रा का व्यवहार ही लोगों के सामने उनके दर्शन का उदाहरण पेश करता था।

इस किताब के माध्यम से यह कोशिश की गई है कि उन्होंने जीवन जीने का जो सबक हम सबको दिया है, उसे एक जगह संकलित किया जाए। मैंने माँ से गुजारिश की थी कि यह किताब लिखते वक्त वे मेरा मार्गदर्शन करें और उन्होंने आध्यात्मिक स्तर पर मेरा जो साथ दिया है, वह तजुर्बा बेहद संतोषजनक है।

आइए, माँ के साथ मेरे इस अद्भुत सफर में आप भी हमसफर बनिए।

विषय वस्तु

श्याम बाबा को जानिए

यह किताब जितनी माँ के बारे में है उतनी ही श्याम बाबा के बारे में भी है क्योंकि श्याम बाबा ने हमें रास्ता दिखाने के लिए माँ को माध्यम के रूप में चुना है।

हिंदू मिथकों में ब्रह्मांड की रचना, उसके टिके रहने और विनाश को तीन देवताओं के माध्यम से समझाया गया है–ब्रह्मा (रचनाकार), विष्णु (संरक्षक) और शिव (विनाशक)। इन्हें त्रिदेव भी कहते हैं।

ब्रह्मांड की रक्षा करने वाले भगवान विष्णु शेषनाग पर विराजमान होते हैं जो क्षीरसागर में तैरता रहता है। विष्णु की नाभि से एक खूबसूरत कमल का फूल खिला होता है जिस पर ब्रह्मांड के रचयिता ब्रह्मदेव बैठते हैं। भगवान शिव कैलाश पर्वत पर धूनी रमाये रहते हैं और जब कभी एक नए युग की जरूरत होती है, वे सृष्टि का विनाश कर देते हैं।

रचना, संरक्षण और विनाश का यह सिलसिला लगातार चलता रहता है।

भगवान विष्णु और भगवान शिव अलग-अलग अवतार लेकर इस धरती पर आ चुके हैं।

भगवान कृष्ण, विष्णु का ही अवतार हैं जिन्होंने महाभारत के युद्ध में (3000 ईसा पूर्व के आसपास) पाण्डवों की मदद की थी।

श्याम बाबा का असली नाम बरबरीक था। अपने पिता भीम की तरह बरबरीक बेहद ताकतवर और खूबसूरत थे। उनकी माँ अहिल्यावती शिव की उपासक थीं जिन्होंने अकेले ही बरबरीक को पाल-पोस कर बड़ा किया था। बचपन में उनके बाल घुंघराले थे, इसीलिए उनकी माँ ने उन्हें बरबरीक नाम दिया। इसका अर्थ होता है गोल और घुंघराले बालों वाला। उन्होंने अपने बेटे को संतों व ब्राह्मणों के प्रति श्रद्धावान रहना तथा उदार व सहिष्णु बनना सिखाया।

महाभारत के दौरान अहिल्यावती ने बरबरीक को युद्ध में हिस्सा लेने के लिए भेजा, तो निर्देश दिया कि वे हारने वाली सेना के साथ खड़े हों1

चूंकि पाण्डवों की मदद खुद भगवान कृष्ण कर रहे थे, इसलिए उनकी सेना ताकतवर थी। इसका सीधा-सा मतलब था कि बरबरीक को इनके खिलाफ दूसरे पक्ष के साथ मिलकर लड़ना था।

बरबरीक अपने साथ अपना धनुष और भगवान शिव के दिए वे तीन बाण लेकर युद्ध में गए थे जिनके वार से समूची दुनिया को जीता जा सकता था और असंभव को भी संभव बनाया जा सकता था।

भगवान कृष्ण को अहसास था कि बरबरीक के लड़ने से महाभारत के युद्ध में बाजी पलट सकती है, इसलिए बरबरीक की ताकत का अंदाजा लगाने के लिए उन्होंने ब्राह्मण का वेश धर लिया। उन्हें तब जाकर यह पता चला कि बरबरीक विपक्षी कौरवों को युद्ध जितवा सकता है।

श्याम बाबा

यह तो नाइंसाफी होती। कौरवों के युद्ध जीतने से लोभ, ईर्ष्या और आक्रोश की ही विजय होती। यह समझते हुए भगवान कृष्ण ने बरबरीक से उनका शीश मांगा। चूंकि बरबरीक को उनकी माँ ने सिखाया था कि किसी साधु-संत को कभी मना नहीं करना है, लिहाजा उन्होंने खुद ही अपना शीश दान दे दिया।

भगवान कृष्ण उनकी भक्ति से इतने प्रभावित हुए कि उन्होंने बरबरीक को वरदान दिया कि ''कलियुग में तुम्हारी पूजा मेरे नाम से की जाएगी। तुम्हें श्याम कहा जाएगा।''

हम जानते हैं कि कृष्ण का एक नाम श्याम भी है।

भगवान कृष्ण ने भविष्यवाणी की थी कि कलियुग में केवल श्याम का साफ दिल से नाम लेने पर ही उनके भक्तों को वरदान प्राप्त हो जाएगा। बरबरीक/श्याम के प्रति सच्ची भक्ति से भक्तों की सारी इच्छाएँ पूरी हो जाएँगी1

आज श्याम बाबा की पूजा-अर्चना बहुत सम्मान और भक्ति के साथ की जाती है। उनके सैकड़ों हजारों भक्त हैं और उनका मुख्य मंदिर राजस्थान के खाटू में है जहाँ एक किंवदंती के अनुसार उनका शीश प्रकट हुआ है। उन्हें 'शीश के दानी' और 'हारे का सहारा' भी कहते हैं।

हर साल वसंत के मौसम में खाटू में फागुन का मेला लगता है जिसमें सैकड़ों-हजारों श्रद्धालु जाते हैं। कई श्रद्धालु अपनी इच्छाओं को पूरा करने के लिए हाथ में निशान (ध्वजा) लेकर नंगे पैर कई किलोमीटर पैदल चलकर वहाँ पहुँचते हैं।

खंड १

पहला अध्याय

आरंभिक वर्ष

सावित्री शर्मा का जन्म 27 फरवरी 1930 को भारत के राज्य राजस्थान में स्थित एक छोटे-से कस्बे अलसीसर में हुआ था। चूंकि उनका जन्म शिवरात्रि को हुआ था, तो उनके माता-पिता ने उनका नाम रखा सावित्री। बाद के वर्षों में वे माँ के नाम से पुकारी जाने लगी, इसलिए इस पुस्तक में मैं उनके लिए इसी नाम का इस्तेमाल करूंगी।

माँ सम्पन्न पृष्ठभूमि वाले परिवार से आती थीं। उनके पिता का नाम श्री मनमोहन लाल शर्मा और माता का नाम श्रीमती सीता देवी शर्मा था। उनके पिता महात्मा गाँधी के मित्र थे। वे भी वकील थे और उन्होंने भारत की आजादी के आंदोलन में सक्रिय हिस्सा लिया था। महात्मा गाँधी ने उनके प्रयासों के लिए उन्हें अपना दस्तखत किया हुआ एक चरखा भेंट किया था।

माँ की माता एक गृहिणी थीं और उनके चार बच्चे थे।

माँ के परिवार का नेहरू परिवार से भी संबंध था। भारत के

पहले प्रधानमंत्री जवाहर लाल नेहरू उनके घर पर आ चुके थे।

1934 में महज चार साल की उम्र में माँ अपने नाना-नानी के साथ राजस्थान के राजगढ़ में रहने चली गईं। उनकी नानी चंपाबाई एक पवित्र और आध्यात्मिक महिला थीं। माँ उनसे प्रभावित होकर पूजा-अर्चना करना सीख गईं। इसके अलावा अपनी नानी से उन्होंने खाना बनाना भी सीखा।

चौदह साल की उम्र तक माँ गाँव में ही रहीं और वहीं के एक हिंदी स्कूल में पढ़ती रहीं। उनके मामा उसी स्कूल में शिक्षक थे। उनके साथ वे रोज स्कूल जाया करती थीं। वे बड़े साधारण और मीठा बोलने वाले उदार व्यक्ति थे।

माँ 1944 में अपने माता-पिता के पास वापस आ गईं।

यह बात 1972 के एक मंगलवार की रात की है जब आठ बजे के आसपास मेरे पिता ने कहा कि दफ्तर के किसी मसले पर उन्हें कुछ सलाह लेने शर्मा जी के पास जाना है।

उसी साल की शुरुआत में मेरा पूरा परिवार लंदन से लौटकर आया था और हम लोग अब भी दिल्ली में रचने-बसने की कोशिश में लगे हुए थे। लंदन में गुजरा तीन साल का वक्त बहुत यादगार रहा था।

''पापा, क्या मैं भी चल सकती हूँ?'' मैंने उनसे पूछा। वे मना नहीं कर पाए। मैं केवल पाँच साल की थी और मुझे अपने पापा के साथ रहना और लोगों से मिलना अच्छा लगता था।

थोड़ी ही देर बाद मैं अपने पापा के साथ दक्षिणी दिल्ली की कैलाश कॉलोनी में स्थित एक भव्य मकान की पहली मंजिल पर एक बड़े-से कमरे में बैठी सोच रही थी कि ये लोग तो बहुत पैसे वाले होंगे। वह एक आलीशान मकान था जिसके आगे उनका अपना निजी बगीचा था जिसमें लाल गुलाब खिले हुए थे।

इस घर में घुसने से पहले पापा ने मुझे चेताया था, ''कायदे से रहना। शर्मा जी हमारे संस्थान में बहुत आला अधिकारी हैं और बेहद सम्मानित व प्रतिष्ठित शख्स हैं।''

पापा से उनके बारे में सुनकर और बैठक की छत की ऊँचाई को देखकर मैं हल्का सा आतंकित महसूस कर रही थी। मैंने सोचा कि वे जरूर बहुत अनुशासनवादी और कड़क स्वभाव के होंगे।

उनके एक कर्मचारी ने आकर बताया, ''वे लोग पूजा कर रहे हैं, आप कुछ देर इंतजार करिए। क्या आप चाय या पानी लेना पसंद करेंगे?''

कुछ ही मिनट बाद शर्मा जी और उनकी पत्नी कमरे में आ गए। शुरुआत में मैंने उन्हें अंकल और आंटी कहकर संबोधित किया। बाद में मुझे पता चला कि हर कोई उन्हें बाऊजी और माँ कहकर बुलाते थे।

बाऊजी ने मुस्कराते हुए हमारा अभिवादन किया और बोले, ''हम लोग मंदिर में थे, पूजा कर रहे थे।''

बाऊजी ने अपनी आठ साल की बेटी अनीता से मुझे मिलवाया। पहली ही नजर में वह मुझे पसंद आ गई। बाऊजी का ध्यान अपनी ओर देखकर मैं थोड़ा-सा शर्मायी और मुस्करायी। फिर मेरी नजर माँ पर गई और अचानक एक जुड़ाव जैसा कुछ महसूस हुआ।

बाऊजी बोले, ''हर मंगलवार और शनिवार को शाम छह से आठ के बीच हम लोग पूजा करते हैं और एकादशी की सारी रात हम पूजा-अर्चना करते हैं।''

मुझे ठीक से रहने को कहा गया था, लेकिन जाने क्यों माँ के सामने मेरी सारी वर्जनाएँ अचानक पिघल गईं।

मैंने शर्माते हुए पूछा, ''क्या मैं भी पूजा में आ सकती हूँ?''

माँ ने मुस्कराते हुए कहा, ''हाँ, हाँ, क्यों नहीं, कोई भी आ सकता है।''

मेरे सवाल और लहजे से शायद उन्हें थोड़ी खुशी मिली और अचानक ऐसा लगा कि वह कमरा उतना विशाल नहीं रह गया था। यह माँ की पहली मुस्कान का असर था।

पूजा के दिन मैं बहुत उत्साहित थी। उस शाम मैंने अपनी मम्मी से 15 बार पूछा था कि समय क्या हो रहा है। ऐसा लग रहा था कि घड़ी की सुइयाँ धीरे चल रही हैं जबकि मेरा दिल हर गुजरते मिनट ज्यादा तेजी से धड़कता जा रहा था।

''अभी तक साढ़े पाँच क्यों नहीं बजे? आप लोगों ने कहा था कि हम पूजा के लिए चलेंगे।''

मैं लगातार अपने मम्मी-पापा को चलने के लिए कह रही थी। उस घर में कुछ तो ऐसा था जो मुझे लगातार अपनी ओर खींच रहा था।

पापा मुझे वहाँ ले जाने को काफी उत्साहित थे। उन्हें लग रहा था कि एक बार की ही तो बात है। मेरी मम्मी घर पर ही रुक गईं क्योंकि उन्हें मेरे भाई को देखना था जो उस वक्त सात साल का था। आखिरकार वह वक्त आ ही गया और हम वहाँ के लिए चल दिए।

हम समय से पहले पहुँच गए और माँ, बाऊजी व अनीता से हमारी मुलाकात हुई।

उनके मकान के एक चौकोर और विशाल कमरे के भीतर एक मंदिर बना हुआ था। कमरे में घुसते ही मैंने देखा कि दीवार की पूरी लंबाई में लकड़ी का एक मंदिर बना हुआ है जो सफेद है। मेरे घर में जो मंदिर था, वह बहुत छोटा था, हालाँकि अधिकतर भगवानों से मैं परिचित थी। उसके मुकाबले ये वाला मंदिर बहुत बड़ा था।

सभी देवताओं के गले में माला थी और कुछ के ऊपर चाँदी का छत्र भी था। चाँदी के बर्तन में ही प्रसाद रखा हुआ था और चाँदी के एक छोटे-से कलश में जल था। चंदन की अगरबत्तियों और गुलाब की पंखुड़ियों की खुशबू कमरे में फैली

हुई थी। मैं कमरे में प्रवेश द्वार के पास खड़ी थी और मुझे काफी शांत महसूस हो रहा था। जल्द ही कुछ भक्त कमरे में आ गए। उन्होंने मंदिर के सामने हाथ जोड़े और फर्श पर बिछी छोटी-छोटी दरियों पर बैठ गए। मंदिर के ठीक सामने दो दरी बिछी हुई थीं।

माँ और बाऊजी उन्हीं दरियों पर आकर बैठे। बाऊजी, माँ की दाहिनी ओर थे। दोनों का चेहरा मंदिर की तरफ था। अनीता के साथ मैं जैसे ही भीतर आई, तब तक हर कोई अपनी जगह पर बैठ चुका था। अनीता माँ के बाईं तरफ बैठ गई और उसके बगल में मैं बैठ गई। हम माँ और मंदिर के ठीक बीच में बैठे हुए थे। मैं माँ को ध्यानमग्न देख पा रही थी। उन्होंने राजस्थानी शैली की पीली साड़ी पहनी हुई थी, जिसका पल्लू उनके सिर पर था। गले में सोने की माला थी और दोनों हाथों में सोने के कंगन थे। माँ और बाऊजी ने प्रार्थना शुरू की और उनके साथ भक्तों ने खूबसूरती से सुर में सुर मिलाया। मुझे ऐसा लगा कि मैं स्वर्ग में बैठी हूँ।

माँ ने सभी के साथ सारी आरती गाई और भजन गाते वक्त उन्होंने अपनी आँखें बंद रखीं। उनके चेहरे पर दैवीय मुस्कान थी। थोड़ी देर बाद गाना छोड़कर वे ध्यान में चली गईं। ऐसा लगा कि उनकी देह उनके वश में नहीं है। उनकी आँखें फड़फड़ा रही थीं। अचानक भजन के बीच में वे बात करने लगीं। सबने गाना बंद कर दिया। भक्तों को पता चल गया कि श्याम बाबा की सवारी आ चुकी हैं।

माँ की पीठ भक्तों की ओर थी, इसलिए वे किसी को देख नहीं पा रही थीं। उन्होंने नाम लेकर लोगों को बुलाना शुरू किया और उनके सवालों का जवाब देने लगीं। बोलते वक्त उनकी आँखें तो बंद थीं, लेकिन भौंहें लगातार हिल रही थीं, जिससे उनके मस्तक पर लहरों की तरह लकीरें उभर रही थीं। उन्होंने लोगों को उनकी समस्याएँ बताईं और एक-एक करके

उनका समाधान बताया। एक भक्त की बारी खत्म होती, तो वह सहमति में सिर हिला देता, बीच में कोई भ्रम की स्थिति या सवाल-जवाब जैसा नहीं होता था। संतुष्ट होने पर भक्त मंदिर के सामने अपना सिर झुका लेता था।

इसके बाद सारे भक्त मिलकर गाते–

"बोल श्याम बाबा की जय, बोल खाटू नरेश की जय।"

इस दौरान माँ ने एक बार भी अपनी आँखें नहीं खोलीं। मैं, पाँच साल की बच्ची, यह सब देखकर इतना चकित थी कि आखिर कैसे उनके सारे सवाल और जवाब भक्तों के लिए इतने सटीक बैठ सकते थे। माँ को तो वह बात भी पता थी जो भक्त नहीं जानते थे। मुझे लगा कि वे भगवान हैं क्योंकि भगवान ही तो सबके बारे में सब कुछ जानता है।

माँ के साथ मेरी यात्रा कुछ इस तरह से शुरू हुई।

आस्था में इतनी ताकत होती है
कि उससे पहाड़ों को हिलाया जा सकता है।

–माँ

दूसरा अध्याय

माँ की शादी

माँ की शादी 1944 में चौदह साल की उम्र में श्री बनवारी लाल शर्मा जी से हुई थी जिन्हें बाद में बाऊजी कहा जाने लगा। बाऊजी 11 नवंबर 1926 को जन्मे थे और शादी के वक्त वे अट्ठारह साल के थे। शादी में माँ को अपने मायके से ढेर सारे सोने के जवाहरात मिले थे।

राजस्थान में संयुक्त परिवारों का चलन है। यहाँ लोग साथ रहते हैं और साथ काम करते हैं। यहाँ शादी के रीति-रिवाज बहुत अहम होते हैं और उन दिनों तो देश के बाकी हिस्सों के मुकाबले राजस्थान की औरतों को अपनी शादी में कहीं ज्यादा समझौते करने पड़ते थे। ब्याहता से उम्मीद की जाती थी कि वह अपने पति के माँ-बाप और उनके घर की देखभाल करने में अपनी मदद देगी।

माँ हमेशा अपने सिर पर पल्लू रखती थीं। बाऊजी के साथ मिलकर वे हर तरीके से उनके परिवार का खयाल रखती थीं।

वे लोग उड़ीसा के (अब ओडिशा) ब्रजराज नगर में रहते थे।

माँ और बाऊजी ने शुरुआत में बहुत साधारण जीवन बिताया।

बाऊजी कॉमर्स में ग्रेजुएट थे और एक दुकान पर स्टोरकीपर की नौकरी से उन्होंने शुरुआत की थी। उनकी पगार 65 रुपये महीना थी जिसमें से 35 रुपये वे अपने माता-पिता को भेज देते थे।

बाऊजी की नौकरी लगते ही उनके पिता रिटायर हो गए। बाऊजी घर में कमाने वाले इकलौते सदस्य थे। चूँकि वे घर में सबसे बड़े थे, इसलिए अपने भाई-बहनों को पढ़ाने की जिम्मेदारी भी उन्हीं के ऊपर थी। माँ के साथ मिलकर उन्होंने बखूबी इसे अंजाम दिया और अपने माता-पिता का खयाल रखा। फिर उन्होंने अपनी बहन की शादी की। माँ ने बाऊजी की बहन के लिए गहने खरीदे, शादी में होने वाले खर्चों के लिए पैसा बचाया और बाऊजी के भाइयों को पढ़ाने-लिखाने और बसाने में काफी सहयोग किया।

मेरी इच्छा थी कि माँ से मिलने और पूजा में हिस्सा लेने हर मंगलवार और शनिवार को उनके यहाँ जाऊँ।

मंगलवार को मेरे पापा काम से थके हुए आते थे तो उनका जाने का मन नहीं होता था, फिर भी मैं उन्हें खींच कर माँ के घर ले ही जाती थी। मुझे लगता था कि वे इसलिए मान जाते थे क्योंकि मैंने वास्तव में उनसे कभी कुछ माँगा नहीं था, सिवाय इस एक गुजारिश के। उनके मना करने पर मैं उदास हो जाती और मुझे नहीं लगता कि वे मुझे निराश देखना गवारा कर सकते थे। इसीलिए वे जैसे ही कहते, ''अच्छा ठीक है, चलो चलते हैं'', मैं खुशी से उछल पड़ती और उनसे कहती, ''आप सबसे अच्छे हैं।''

मेरी मम्मी ज्यादातर मेरे भाई का खयाल रखने के लिए घर पर रुक जाया करती थीं पर कभी-कभार उसे साथ लेकर वहाँ चलती थीं।

वहाँ पहुँचने के बाद मैं बैठकर अपनी आँखें बंद कर लेती थी और मुझे बहुत सुकून मिलता था। मुझे लोगों की कहानियाँ सुनने और उन्हें मिलने वाले जवाब सुनने में आनंद आता था। मंत्र पढ़ने और भजन गाने में मुझे अच्छा लगता था। यह भक्ति मुझे आकर्षित करती थी और माँ के साथ तत्काल एक जुड़ाव और आशीर्वाद का अहसास होता था।

मेरे वहाँ होने पर माँ की प्रतिक्रिया के बारे में मैं बहुत सजग रहती थी। पूजा के बीच में माँ जब मुझे देखकर मुस्कराती थीं, तो ऐसा लगता कि मेरा आना सार्थक हो गया और उन्हें वहाँ मेरे आने में कोई आपत्ति नहीं है।

मैं इसी उत्साह के साथ हर मंगलवार और शनिवार को दो-दो घंटे के लिए माँ के पास लगातार जाती रही। मैं एकादशी पर हुए जागरण में भी हिस्सा लेती थी जो रात के नौ बजे से लेकर सुबह पाँच बजे तक चलता था।

मैं पूजा में जितना वक्त बिता रही थी, उसे लेकर मेरे मम्मी-पापा को चिंता रहने लगी, हालाँकि मैं पढ़ने में अच्छी थी। अपनी कक्षा में मुझे तेज बच्चों में गिना जाता था। इसके बावजूद उन्हें मेरी पढ़ाई की चिंता होने लगी। उन्हें लगता था कि एक बच्चे के लिए भक्ति में इतना लीन होना सामान्य बात नहीं है।

मुझे बीच के दिनों में भी माँ के घर जाने की इच्छा होने लगी। मुझे बस वहाँ होना अच्छा लगता था। बाऊजी टेलर इंस्ट्रूमेंट्स नामक कंपनी में मेरे पापा के वरिष्ठ थे, इसलिए मेरे पापा को यह चिंता होने लगी कि उनके यहाँ मेरा अक्सर जाना कहीं गलत न समझ लिया जाए और इससे उनके बीच का पेशेवर संबंध प्रभावित न हो जाए।

अनीता को भी आश्चर्य हो रहा था कि आखिर मैं इतनी

पूजा क्यों करना चाह रही थी।

आखिरकार पापा ने अपनी चिंताओं से माँ को अवगत कराया। उसके बाद माँ ने बहुत प्यार से मुझसे बात की। वे बोलीं, ''बेटा, पूजा में तुम बेशक आओ, लेकिन तुम्हें पढ़ाई भी करनी चाहिए, दोस्तों के साथ खेलना भी चाहिए और अपने माता-पिता का कहा सुनना चाहिए।''

मैं माँ का बहुत सम्मान करती थी। मुझे थोड़ी सी निराशा तो जरूर हुई लेकिन मैंने अपनी आस्था बनाए रखी और कोई शिकायत उनसे नहीं की। मैंने माँ की सलाह मानी और अनावश्यक रूप से उनके घर जाना बंद कर दिया।

वो तो हाल ही में मेरी मम्मी ने मुझे बताया कि उस वक्त माँ ने मेरे मम्मी-पापा को कहा था, ''चिंता मत करो, उसे पूजा में आने दिया करो। अपनी पिछली जिंदगी में वह बहुत आध्यात्मिक थी।''

पूजा के दौरान दूसरे भक्त मुस्करा कर मेरा स्वागत करते थे। मुझे अब समझ में आता है कि उनके लिए एक छोटी सी बच्ची को आध्यात्मिकता में इतना डूबे हुए देखना वाकई असाधारण और अचरज भरा होता होगा। मैं हर पूजा में जाती थी। जाहिर है मैं बहुत छोटी थी और मेरे पापा मुझे इतनी भीड़ में अकेले नहीं छोड़ सकते थे, इसलिए उन्हें भी मेरे साथ आना पड़ता था।

मुझे अक्सर अचरज होता है कि माँ के घर पर होने वाली पूजा को लेकर मैं इतनी उत्साही क्यों थी। मैं अब भी आश्वस्त होकर नहीं बता सकती कि बाद के नाटकीय घटनाक्रम की वजह क्या रही। पीछे लौटकर देखने पर ऐसा महसूस होता है कि यह सब कुछ माँ के मेरे साथ उस व्यवहार के कारण रहा होगा जिसमें कहीं कोई रोकटोक या बंदिश नहीं थी। माँ के साथ होना मुक्त होने जैसा था।

माँ की निगाह में आदमी और औरत बराबर थे। माँ की बेटियों ने अपने जीवनसाथी खुद चुने थे। उनकी बेटियाँ शिक्षित

थीं और माँ ने उन्हें कभी बाँध कर नहीं रखा। हमारे पैतृक निवास राजस्थान की संस्कृति के मुकाबले यह बिलकुल अलहदा बात थी, भले ही उस वक्त हम लोग दिल्ली में रहते थे।

माँ का नरम और संतोषी स्वभाव मुझे अपनी ओर खींचता था। माँ मुझे मेरे मूल रूप में स्वीकार करती थीं और उनका प्यार व उनकी दी हुई आजादी बेशर्त थी। वे दूसरों के मामले में बहुत धैर्य बरतती थीं। मेरी नानी भी माँ की ही तरह बहुत धैर्यवान और करुणामय थीं, शायद इसीलिए मैं खुद को उनके भी इतना ही करीब पाती थी।

मेरी आध्यात्मिक उन्नति का पहला चरण माँ की उदारता की पहचान था। इसी ने शायद आगे जाकर मुझे दूसरों को हमेशा कुछ देने की कला में अभ्यस्त बनाया।

माँ का मंत्र था ''देना ही जीवन है'' और वे पूरे उत्साह के साथ इसका पालन करती थीं। उनकी मुस्कान दूसरों के चेहरे पर मुस्कान ला देती थी। मैंने उन्हें बिना किसी शिकायत के बिलकुल चुपचाप खाते हुए देखा है। वे कोई भी सतही उम्मीदें नहीं पालती थीं। उनका ठंडा मिजाज और तुरंत फैसले न लेने वाला स्वभाव ही हमें इतनी गुंजाइश देता कि हम सभी उनके सामने पूरी आजादी से अपना मन खोल कर रख पाते थे। उनके तेज का असर था कि लोग उनके पास आते ही सही दिशा में सोचने लग जाते थे।

माँ से चालीस साल के परिचय के दौरान मैंने कभी भी किसी के खिलाफ उन्हें मन में गिला-शिकवा पाले हुए नहीं देखा। वे पूरी उदारता से बिना किसी दखल के दोनों खुले हाथों से देती थीं। यह भाव आपको खुद अपने जैसा होने की आज़ादी और गुंजाइश देता था। अपने योगदान के लिए उन्होंने कभी भी कोई मान्यता नहीं माँगी और किसी के खिलाफ कोई गिला नहीं किया। मेरे मन में यह छवि है कि अगर कोई प्रेम और आभार से वंचित होता था तो इसे बुरा न मानते हुए वे

उसे और ज्यादा प्रेम और विवेक देती थीं।

माँ पूरी ईमानदारी के साथ अपने विचारों को सामने रखती थीं।

आज मुझे ऐसा महसूस होता है कि जब हम किसी के खिलाफ मन में कुछ पाल लेते हैं, तो ऐसा कर के हम न केवल उस शख्स और दूसरों के लिए जीवन दूभर बना देते हैं बल्कि अपने भीतर भी एक असंतोष को पाल लेते हैं।

मैं देखती थी कि माँ कितने धैर्य से किसी व्यक्ति के असंतोष को सुनती थीं और फिर प्यार से कहती थीं, ''इसे श्याम बाबा पर छोड़ दो, चलो आगे बढ़ते हैं।''

दूसरों के संकटों या दुखों में वे खुद को कभी उलझाती नहीं थीं। इसके बजाय लोग जब अपनी समस्याएँ उन्हें सुनाते, तो उनके भीतर का असंतोष और गुस्सा धीरे-धीरे बुझता जाता और वे शांत होते जाते थे। यह माँ की मौजूदगी का चमत्कार था।

मुझे आश्चर्य होता था कि माँ कभी अपने विचार दूसरों पर थोपती नहीं थीं। उन्होंने हजारों लोगों को संकटों से निजात पाने में मदद की लेकिन कभी इसका कोई श्रेय नहीं लिया। वे लोगों की मदद करती थीं कि वे अपने लक्ष्यों को हासिल करने के क्रम में अपने बारे में अच्छा महसूस कर सकें।

कोई अगर उन्हें शुक्रिया कहने आता तो माँ उससे कहती थीं, ''मैंने कुछ नहीं किया, यह सब श्याम बाबा का आशीर्वाद और तुम्हारी भक्ति व किस्मत है।''

उनकी शुद्ध आत्मा में मैंने कभी भी अहं की मिलावट को प्रवेश करते नहीं पाया।

उन दिनों हमारा परिवार अक्सर स्थानीय बगीचे में शाम को टहलने जाता था।

मुझे याद है कि 1973 की गर्मियों में एक शाम हम जब गुलाब के फूलों की क्यारियों के बीच से गुज़र रहे थे, तो मैंने माँ और बाऊजी को टहलते हुए देखा। वे आपस में बात कर रहे थे और मुस्करा रहे थे। मुझे उनके बीच एक गहरा साहचर्य

दिखाई दे रहा था।

मैं उत्साह में चीख पड़ी, ''देखिए, माँ और बाऊजी!''

हम उनकी ओर बढ़े, तो वे रुक गए और उन्होंने सिर हिलाकर मुस्कराते हुए अभिवादन किया।

जैसा कि परंपरा है, हम चारों अपने हाथ जोड़कर उनके सामने आशीर्वाद लेने के लिए झुक गए। माँ और बाऊजी ने आशीष देते हुए अपने हाथ हमारे सिर पर प्यार से रख दिए।

बड़े लोग आपस में बात करने लगे और मैं उन्हें सुनने लगी। थोड़ी देर बाद मेरे मम्मी-पापा ने जाने की इजाज़त माँगी ताकि उन्हें अकेले छोड़ा जा सके।

इसके बाद हम जब भी उनसे बगीचे में मिले, बाऊजी ने कई बार हमें साथ चलने को कहा। मैं तब बहुत उत्साहित हो जाती और उनके साथ दौड़ने व उछलने लग जाती थी। बाऊजी ने बाद में बताया कि हमारी तरह वे भी हर शाम एक घंटे के लिए टहलने आते थे ताकि एकांत में साथ कुछ वक्त गुज़ार सकें और गुजरे हुए दिन के बारे में बातें कर सकें।

> *कोई यदि तुम्हारे जीवन में काँटे बोता है*
> *तो तय करो कि तुम उसके लिए फूल लगाओगे।*
> *तुम्हारी अच्छाई हमेशा तुम्हारे साथ ही रहेगी*
> *और तुम्हारे लगाए फूल भी महकते रहेंगे।*

–माँ

तीसरा अध्याय

शादीशुदा जीवन की चुनौतियाँ

शादी के पाँच साल बाद तक माँ को गर्भ न ठहरने के बारे में कुछ चिंताएँ थीं। आखिरकार 22 जुलाई 1949 को उन्होंने एक खूबसूरत बेटी को जन्म दिया जिसका नाम शशि रखा गया। बाद में माँ ने अपने सबसे बड़े बेटे सतीश को जन्म दिया। उसका जन्म उड़ीसा के झारसुगुड़ा में 5 नवंबर 1954 को हुआ, जहाँ बाऊजी के भाई और उनका परिवार रहता था।

माँ और बाऊजी 1952 में बृजराज नगर से आंध्र प्रदेश के कर्नूल आ गए। बाऊजी अब अधिकारी बन चुके थे, इसलिए उन्हें रहने के लिए 'ए टाइप क्वार्टर' मिला। माँ ने तेलुगु सीख ली। इससे जाहिर होता है कि वे बहुत व्यावहारिक थीं और स्थानीय संस्कृति में उनकी काफी रुचि थी।

इसके बाद 1949 में वे मध्य प्रदेश के सिरपुर स्थित कागजनगर में आ गए क्योंकि बाऊजी की नौकरी कागजनगर की ओरिएंट पेपर मिल में थी। उस मिल में व्यवसाय के पीछे

असली दिमाग बाऊजी का ही था।

अधिकतर कर्मचारी एक ही कॉलोनी में रहते थे और उनकी पत्नियां एक-दूसरे से लगातार संवाद में रहती थीं। माँ यहाँ दूसरे कर्मचारियों की पत्नियों के साथ कार्ड और तम्बोला खेलती थीं और सामान्य जिंदगी जीती थीं। घर में साफ-सफाई और खाना पकाने आदि के लिए नौकर भी थे। सिरपुर में कर्मचारियों को काम पर बुलाने के लिए और बाद में खाने के अवकाश के लिए मिल में एक सायरन बजता था। इतने में माँ को भागकर घर पहुँच जाने का पर्याप्त वक्त होता था। माँ और बाऊजी दोनों शाकाहारी थे। बाऊजी के लिए गरम रोटियाँ माँ तैयार करतीं और उन्हें आयुर्वेदिक थाली परोसती थीं जिसमें दाल, सब्जियाँ, दही और सलाद होता था। काम पर लौटने का संकेत भी सायरन से ही होता और काम खत्म होने पर जब सायरन बजता, तो माँ को पता होता कि बाऊजी आने वाले हैं।

सात साल की उम्र आते-आते मैं भक्ति में इतना समर्पित हो गई थी कि पूजा के दौरान एक बार श्याम बाबा ने माँ के माध्यम से मुझसे बात की। वे बोले, ''यहाँ आओ।''

माँ ने मुझे करीब आने का संकेत किया। उनकी बेटी अनीता चूँकि मेरे बगल में बैठी हुई थी, इसलिए मुझे लगा कि वे उससे बात कर रही हैं और मैंने अनीता को इशारा किया, लेकिन माँ ने अपना सिर हिलाया और मेरी ओर संकेत किया। उनकी आँखें बंद थीं।

मैं करीब गई, इस बात से सजग रहते हुए कि माँ और मंदिर के बीच में हमें नहीं आना था।

फिर माँ ने मुझे स्पर्श किया और अपने सामने बैठा लिया। मैं थोड़ा घबराहट में थी और मुझे समझ में नहीं आ रहा था

कि क्या हो रहा है या कि मुझे क्या करना है। आम तौर पर माँ जब ध्यान में होती थीं और श्याम बाबा का प्रवेश उनमें होता था, तब हमें उन्हें छूने की मनाही होती थी क्योंकि उससे उनका ध्यान टूट सकता था और संपर्क भंग हो सकता था।

मैं मंदिर की ओर मुंह किए हुए और माँ की तरफ पीठ किए हुए बैठी हुई थी। श्याम बाबा ने पूछा, ''तुम मुझे देखना चाहती हो?''

मुझे माँ की ओर पीठ दिखाना अटपटा लग रहा था। मैं माँ को देखने के लिए पीछे मुड़ी। उनकी आँखें बंद थीं और वे मुस्करा रही थीं। फिर मैंने अपने पापा की ओर देखा जो भक्तों के साथ बैठे हुए थे। उन्होंने मुझे देखकर सिर हिलाया।

मैंने कहा, ''हाँ बाबा।''

मैं भ्रम में थी। मुझे लग रहा था कि हर कोई मुझे देख रहा है। मैं जम-सी गई थी। मैंने एक बार फिर अपने पापा की तरफ देखा। उन्होंने मुझे हाथ जोड़ने और आँख बंद करने का इशारा किया। मैं मंदिर की ओर वापस मुड़ी और मैंने आँखें बंद कर लीं।

मैंने देखा कि गहरे नीले रंग की कुछ लहरें हैं जिनसे कृष्ण की छवि बन रही है। मैं भावविभोर हो गई। मैंने माँ की तरफ पलट कर देखा, तो पाया कि बंद आँखों में वे अब भी मुस्करा रही थीं और मेरे सिर के पीछे अपने हाथों को गोलाकार में ऐसे घुमा रही थीं, जैसे हवा में कोई आकृति बना रही हों।

बाबा ने पूछा, ''तुमने मुझे देखा?''

''हाँ बाबा।''

उन्होंने प्रेम से पूछा, ''बताओ अब तुम मुझे क्या दोगी?''

मुझे अचरज हुआ कि कोई भगवान को क्या दे सकता है, लेकिन मैंने जवाब दिया, ''बाबा, आप जो चाहें।''

बाबा ने कहा, ''अपनी माँ से कहो कि वे घर में मक्खन निकालें और मिसरी के साथ द्वादशी के दिन मुझे चढ़ाएँ, मैं

उस दिन आऊँगा।'' वे बोले, ''मेरी आराधना करने वाले भक्तों ने हमेशा मुझसे कुछ न कुछ माँगा है। तुम पहली हो, जिसने सिर्फ भक्ति और शुद्ध प्रेम मुझे दिया है। मैं तुमसे इतना खुश हूँ कि तुम्हें आशीर्वाद देना चाहता हूँ। आज से मैं तुम्हारी रक्षा करूंगा और कोई भी तुम्हें नुकसान नहीं पहुँचा सकेगा।''

बाबा ने मुझे आशीर्वाद दे दिया था और मैं बहुत शांत व कृतज्ञ महसूस कर रही थी।

भारत में सम्मान देने के लिए झुक कर सामने वाले के चरण छूए जाते हैं। पूजा के बाद भक्त या तो खड़े होकर या घुटनों पर बैठकर या दंडवत होकर माँ के पैर छूते थे।

इस घटना के बाद माहौल कुछ बदल सा गया। कुछ भक्त श्याम बाबा के आशीर्वाद के लिए मेरे पैर छूना चाहते थे, तो कुछ दूसरे भक्त मुझे लेकर काफी उत्साहित रहते थे। अनीता ने मुस्कराकर मुझे गले लगाया था। सबकी खुशी देखकर मुझे लग रहा था कि मेरे साथ कुछ विशेष घटा है। माँ और बाऊजी गर्व में अपना सिर हिला रहे थे।

अगली बार जब मैं पूजा में आई, तो भक्तों ने मेरे पैर छूने शुरू कर दिए। मैं डर गई और मैंने उनसे कहा कि वे माँ के पास जाकर उनका आशीर्वाद लें। इसके बावजूद वे मुस्कराते हुए मेरे पैर छूते रहे। मुझे ऐसा लगा कि उन्हें इसमें मजा आ रहा था जबकि मैं लगातार असहज हो रही थी और मुझे थोड़ा गुस्सा भी आ रहा था।

मैंने माँ की तरफ इशारा करते हुए कहा, ''ये रहीं माँ, ये रहे बाबा, जाओ और उनसे आशीर्वाद लो। मेरे पैर मत छुओ।''

माँ ने कहा, ''उन पर नाराज मत होओ, उन्हें आशीर्वाद दो।''

मैंने बड़ी असहजता से उनके सिर पर हाथ रखकर उन्हें आशीर्वाद दिया।

मैं जब घर पर आई, तो मेरे पापा ने मुझसे आशीर्वाद माँगा। मैं रोने लगी। ऐसा लगा कि हमारी भूमिकाएँ बदल गई हैं। मैं

अब भी उनकी वही छोटी बच्ची होना चाहती थी जिसकी वे देखभाल कर सकें।

मैंने कहा, ''नहीं, नहीं, नहीं। मैं आपको आशीर्वाद नहीं दे सकती।''

उन्होंने जोर देकर कहा, ''बस अपना हाथ मेरे सिर पर रख दो।'' उन्हें हालाँकि जब यह अहसास हुआ कि इससे मुझे परेशानी हो रही है, तो उन्होंने ऐसा कहना छोड़ दिया।

हर बार जब हम पूजा में जाते, तो कुछ भक्त मुझसे जरूर आशीर्वाद लेते थे। महीने भर बाद मैं खुद को रोक नहीं सकी और माँ के सामने रोने लगी।

मैंने उनसे गुजारिश की, ''मैं नहीं चाहती कि बाबा सबके सामने मुझे आशीर्वाद दें। मैं भी दूसरों की तरह साधारण जीवन जीना चाहती हूँ। मैं भी दुनिया देखना चाहती हूँ। श्याम बाबा को कहिए कि सबके सामने वे मेरे ऊपर चमत्कार न किया करें।''

माँ ने लोगों को कहा कि वे मेरा आशीर्वाद न लिया करें। धीरे-धीरे समय के साथ लोग मेरे साथ हुई उस घटना को भूल गए।

उसके बाद कभी-कभार मुझे ऐसा लगता था कि मैं लोगों के भीतर देख सकती हूँ। कभी-कभार लोगों के मुखौटों और उनकी झूठी जिंदगी से मुझे निराशा होती थी। माँ ने साफ बताया था कि हर कोई अपने व्यवहार के माध्यम से बराबर विशिष्ट होता है। पिछले दो साल के दौरान माँ की जिंदगी से प्रेरणा लेते हुए मैं कोशिश कर रही हूँ कि जल्दी से फैसलों पर न पहुँचा जाए और चीजों को स्वीकार किया जाए, जैसा कि माँ का सबक है।

अगर तुम्हारे साथ कोई अन्याय करे, तो यह तय करो कि तुम्हें उसके साथ न्याय करना है अन्यथा तुम्हारे और उसके बीच में कोई फर्क नहीं रह जाएगा।

–माँ

चौथा अध्याय

मुरारी का जन्म–एक अहम मोड़

माँ के दूसरे बेटे और तीसरी संतान मुरारी का जन्म 31 दिसंबर 1956 को हुआ। जन्म के वक्त उसकी आवाज़ गायब थी और उसे हिलने-डुलने में दिक्कत होती थी। माँ और बाऊजी उसकी सेहत को लेकर बहुत फिक्रमंद थे। यह परिवार विशुद्ध शाकाहारी था, फिर भी माँ ने मुरारी की हड्डियों में ताकत लाने के लिए उसकी मालिश मछली के तेल से की।

मुरारी जब पाँच साल के करीब होने को था, उनकी मुलाकात सिरपुर में श्री बागड़िया जी से हुई जो श्याम बाबा के बड़े भक्त थे। उन्होंने मुरारी की सेहत के लिए माँ को सलाह दी कि वे श्याम बाबा की पूजा करें और उनके बताए रास्ते पर चले।

माँ ने अपने सास-ससुर से और बाऊजी के साथ श्याम बाबा का जिक्र किया। बाऊजी एकादशी पर पूजा और द्वादशी पर ज्योत के लिए तैयार हो गए। मुरारी की आवाज़ और ताकत के लिए उन्होंने तय किया कि हर महीने वे ऐसा करेंगे। इस

पूजा के महीने भर बाद ही मुरारी बोलने लगा हालाँकि उसकी आवाज़ साफ नहीं थी। तीन महीने बाद वह बिना किसी इलाज के चलने लगा।

मुरारी में चमत्कारिक बदलाव देखकर माँ की आस्था और मजबूत होती चली गई। वे आभार व्यक्त करने के लिए राजस्थान के खाटू में तीर्थ पर गईं। वे और बाऊजी रेतीली धरती और तपती सड़कों पर सतरह किलोमीटर तक पैदल चलकर वहाँ पहुँचे। रात का तापमान दो डिग्री तो दिन का तापमान पचास डिग्री तक पहुँच जाता था। रिंगस से खाटू की पदयात्रा में पाँच घंटे लगते हैं, लेकिन अपनी श्रद्धा व्यक्त करने के लिए उन्होंने इस दूरी को नंगे पैर चलकर पूरा किया।

तीर्थ के बाद मुरारी पूरी तरह ठीक हो गया। उसके सीखने में बस थोड़ी दिक्कत थी। वह धीरे सीखता था, जिसके चलते पढ़ाई में अच्छा प्रदर्शन करना उसके लिए चुनौती था। इसके बावजूद उसने स्कूल की पढ़ाई पूरी कर ली।

मुरारी के ठीक होने को बाबा का चमत्कार मानते हुए माँ श्याम बाबा की समर्पित भक्त हो गईं। उन्होंने और ज्यादा पूजा-अर्चना और ध्यान लगाना शुरू कर दिया। यही घटना माँ के जीवन का निर्णायक मोड़ रही।

फरवरी 1978 में जब मैं सिर्फ ग्यारह साल की थी, मैं अपने पहले तीर्थ पर खाटू गई। मैं अपने मम्मी-पापा से लगातार वहाँ चलने को कहती थी लेकिन उनका जोर इस बात पर था कि मैं स्कूल में पढ़ूँ। तीर्थयात्रा चूंकि हफ्ते के अंत में छुट्टियों के दौरान थी, तो इस बार वे मना नहीं कर पाए। दिन करीब आते-आते मेरा उत्साह बढ़ता ही जा रहा था। मैंने पहले ही सारा सामान बाँध लिया।

हमने रिंगस तक की ट्रेन पकड़ी। मुझे याद है कि भजन गाते हुए मैं खिड़की से बाहर पहाड़ों को देखते जा रही थी। मेरे सामने बैठे एक यात्री ने मुझे देखकर पूछा था, "कहाँ जा रही हो?"

"तीर्थयात्रा पर", मैंने जवाब दिया।

उसने कहा, "एक भाई के नाते मैं तुम्हें पहाड़ पर चढ़ने में भी मदद कर सकता हूँ।"

उसके विनम्र शब्दों ने मेरे रोमांच को और बढ़ा दिया।

इसके बाद हमने खाटू के लिए एक बस ली। बस में राजस्थानी औरतें भरी हुई थीं। कुछ बच्चे भी थे। ये औरतें सूत की साड़ी, लंबी बाँह वाले ब्लाउज पहने हुए थीं और अपने सिर पर इन्होंने घूंघट काढ़ रखा था। एक से एक रंगीन साड़ियाँ थीं–पीली, गुलाबी, हरी। पुरुषों के सिर पर सफेद पगड़ी थी। मेरे लिए यह सब कुछ एकदम नया था। मैं बड़ी जिज्ञासा से उन्हें देख रही थी। काफी गर्मी और धूल भरा मौसम था। मेरा अंदाजा था कि शायद ऐसे कपड़े उन्हें इससे बचाने के लिए होंगे। टूटी–फूटी सड़कों पर बस दौड़ती जा रही थी। कुछ लोग बस की छत पर बैठे हुए थे और कुछ बस के बाहर लटके हुए थे।

हम पैदल धर्मशाला तक पहुँचे। लोग यहीं आकर रुकते थे। इसे चलाने के लिए श्रद्धालु अपनी क्षमता के मुताबिक योगदान देते थे।

माँ अपनी तीर्थयात्रा में रिंगस के रेलवे स्टेशन से खाटू की धर्मशाला तक भक्तों के साथ हाथ में निशान लिए सतरह किलोमीटर नंगे पैर यात्रा करती थीं।

धर्मशाला पहुँचने के बाद हम उसके आँगन में आए। उस दोमंजिला इमारत को मैंने ध्यान से देखा। सारे कमरे पीले रंग के थे। माँ का कमरा भूतल पर था।

माँ तो उसी रात मंदिर में हो आईं लेकिन मेरे मम्मी–पापा समेत अधिकतर भक्तों ने दर्शन के लिए अगले दिन का इंतजार

किया।

मैं जब सुबह उठी, तो लोग श्याम बाबा के भजन गा रहे थे और मंदिर के दर्शन करने को तैयार थे। मंदिर सिर्फ पाँच मिनट की दूरी पर था। पूरे देश से लोग यहाँ आए हुए थे। बहुत भीड़ थी। भीड़ को संभालने के लिए कई पुलिसवाले भी तैनात थे। हम सभी माँ के पीछे-पीछे एक समूह में बने रहे। फिर हम सभी एक साथ दर्शन के लिए मंदिर के भीतर पहुँचे।

मंदिर में जाना जितना महत्व का काम था, उतना ही जरूरी यह भी था कि हम भजन गाते, पूजा करते और भक्ति में लीन हो जाते। हम जब बाबा को माँ के माध्यम से बोलता हुआ सुनते तो और भी उत्साह होता था। मैं माँ के पास ही बैठती थी और भजनों में हिस्सा लेती थी।

यहाँ हम माँ के साथ कहीं ज्यादा समय बिता सकते थे क्योंकि वे लगातार हमारे साथ थीं। वे जब भक्तों के साथ संवाद में होती थीं, तो उन्हें देखकर मुझे अच्छा महसूस होता था। घर में एक माँ की भूमिका के मुकाबले माँ को यहाँ पर देखना एक बिलकुल अलग अनुभव था।

> जीवन की चुनौतियों से लड़ने के लिए
> उम्मीद और धैर्य को बनाए रखना जरूरी है।

-माँ

पाँचवां अध्याय

एक और चमत्कार

माँ की चौथी बेटी सुनीता का जन्म 10 नवंबर 1962 को सिरपुर में हुआ। माँ की पाँचवीं बेटी अनीता भी सिरपुर में ही जन्मी।

बाऊजी को 1964 में अमलाई में दिल का गंभीर दौरा पड़ा। डॉक्टरों ने जवाब दे दिया था कि अब वे ठीक नहीं हो पाएँगे। माँ रोने लगीं और उन्होंने श्याम बाबा का ध्यान लगाया। अचानक माँ का दूसरा बेटा मुरारी भजन गाने लगा। उसने अगरबत्तियाँ जला दीं और सभी को कमरे से बाहर जाने को कहा। श्याम बाबा उसके माध्यम से प्रकट हुए थे। मुरारी ने अगरबत्ती की राख लेकर बाऊजी के पेट पर रगड़ दी। बाऊजी मुरारी की मदद से उठे और उन्होंने करीब दो बाल्टी भरकर पेशाब की। इससे पहले वह कुछ नहीं कर पा रहे थे और उनका पेट फूल गया था।

बाऊजी के पूरी तरह ठीक हो जाने की मन्नत मानते हुए माँ ने फर्श पर चटाई पर सोना शुरू कर दिया। उनके बाल इतने लंबे थे, लेकिन उन्होंने कंघा करना बंद कर दिया। बाऊजी

धीरे-धीरे ठीक हो गए और सामान्य जीवन जीने लगे। माँ की
जिंदगी में यह दूसरा चमत्कार था।

मैं 1979 में जब बारह साल की थी, तब तेरह साल के मेरे
भाई संजय को स्कूल में खेल के दौरान बाईं आँख में चोट
लग गई। वे चोर-पुलिस खेल रहे थे जिसमें मेरा भाई चोर बना
था। उसका जो दोस्त पुलिस बना था, उसके पास एक कम्पास
था जिससे वह बंदूक का काम ले रहा था। मेरा भाई डेस्क पर
लेटा हुआ था और उसका दोस्त कम्पास को बंदूक की तरह
उस पर ताने हुए था। संजय जैसे ही उठा, उसका दोस्त अपना
हाथ करीब ले आया और कम्पास ने संजय की बाईं आँख को
भेद दिया। अपनी बाईं आँख पर पट्टी बांधे संजय जब घर
आया, तो मम्मी-पापा उसे देखकर चौंक गए।

उसकी डॉक्टरी जाँच हुई। डॉक्टरों ने बताया कि उसकी
आँख चली जाएगी। संजय एक मेधावी छात्र था और उसमें
एक कलाकार बनने की संभावना थी, लेकिन अब तो हमेशा
के लिए वह अपनी बाईं आँख खो देगा। यह सोच कर हमें
इतना सदमा लगा कि हम समाधान के लिए सीधे माँ के घर
पूजा करने चले गए।

श्याम बाबा ने कहा, ''मैंने संजय की आँख को तो बचा
लिया है पर उसकी पुरानी दृष्टि लौटकर नहीं आ पाएगी।''

मेरे मम्मी-पापा ने गुहार लगाई, ''आपके होते हुए आखिर
मेरा बेटा क्यों नहीं ठीक हो सकता?'' वे चमत्कार के लिए
आराधना करने लगे ताकि उनका बेटा पूरी तरह ठीक हो जाए।

बाबा अंत में बोले, ''संजय का दो बार ऑपरेशन करवाना
होगा, तब जाकर उसकी आँख की रोशनी वापस आऐगी।''

मेरे मम्मी-पापा इस भविष्यवाणी से बहुत असमंजस में पड़

गए क्योंकि मामला इतना जटिल था कि आँख का एक बार ऑपरेशन भी संभव नहीं दिखता था।

संजय का इलाज एम्स (अखिल भारतीय आयुर्विज्ञान संस्थान) में चल रहा था। डॉक्टर उसकी आँखों की रोशनी बचाने की कोशिश कर रहे थे। किसी ने सुझाव दिया कि क्यों न हम एक विश्व प्रसिद्ध नेत्र सर्जन से सलाह लें, जो अलीगढ़ स्थित अपने आँख के अस्पताल से हफ्ते में बस एक बार दिल्ली आते हैं।

कई परीक्षणों के बाद डॉक्टर हमारे अनुरोध पर सर्जरी करने को तैयार तो हो गए, लेकिन मामले की जटिलता के बारे में उन्होंने हमें बता दिया था।

संजय को अलीगढ़ ले जाया गया। दिल्ली से अलीगढ़ जाने में ट्रेन से पाँच घंटे लगते हैं। हमारे लिए वह काफी मुश्किल वक्त था। मेरे पापा को नौकरी के चक्कर में दिल्ली और अलीगढ़ के बीच बार-बार आना-जाना पड़ता था जबकि मेरी मम्मी कई हफ्ते तक संजय के साथ अलीगढ़ में ही रहीं। इस दौरान मैं अपने नाना-नानी के साथ दिल्ली में रही और बाद में स्कूल जारी रखने के लिए मुझे अपने दोस्त अमित और रचना के साथ जाकर रहना पड़ा।

सर्जरी के बाद डॉक्टर ने उसकी समीक्षा की और आश्चर्य से चौंक कर बोले, ''फिर से ऑपरेशन करना होगा।''

दूसरे ऑपरेशन के बाद डॉक्टर ने मेरे पापा से मिलकर बताया कि ऑपरेशन कामयाब रहा है। संजय अब कॉन्टैक्ट लेन्स के सहारे साफ-साफ देख पा रहा है। यह वास्तव में चमत्कार था।

मेरे मम्मी-पापा का बहुत-सा वक्त और पैसा इसमें गया, घर भी अस्त-व्यस्त हो गया लेकिन संजय के ठीक होने के बाद माँ और बाबा में उनकी आस्था और मजबूत हो गई। भविष्य में आने वाली आर्थिक चुनौतियों के बावजूद उन्हें अब बेहतर महसूस हो रहा था।

आँख के इलाज के चलते संजय एक साल तक स्कूल नहीं

जा सका। मैं उसके दोस्तों से उसके लिए नोट्स ले आती थी और उसे पढ़ कर सुनाती थी। इसके बाद मैं और मेरी मम्मी मिलकर भाई के लिए नोट्स तैयार करते थे।

बाबा ने कहा था, ''मैं उसका एक साल बरबाद नहीं होने दूँगा, घबराओ मत, वह अपने पुराने दोस्तों के साथ ही स्कूल में जाएगा और अगली कक्षा में भी जाएगा।'' हमें अचरज था कि ऐसा कैसे मुमकिन हो सकता है। वह एक साल तक स्कूल नहीं गया था और मुझे उस दौरान रात में सपने आते थे कि वह कभी सामान्य तरीके से पढ़ भी पाएगा या नहीं?

जब समय आया, तो स्कूल के प्रिंसिपल ने उसका एक साल खराब करने के बजाय संजय को उसके दोस्तों के साथ ही दोबारा दाखिला दे दिया।

बाबा ने कहा था, ''मैं उसे डॉक्टर बनाऊँगा ताकि वह गरीब लोगों की सेवा कर सके।'' संजय पहले ही प्रयास में दिल्ली की मेडिकल प्रवेश परीक्षा में चुना गया और सिर्फ तेइस साल की उम्र में वह डॉक्टर बन गया। परिवार के लिए यह बहुत गौरव का पल था। बाद में आगे की पढ़ाई के लिए वह अमेरिका चला गया।

आज वह दिल्ली में रहता है और रेडियोलॉजिस्ट है। हाल ही में उसने लेजर सर्जरी कराई है और अपनी दोनों आँखों से अब वह अच्छे से देख सकता है।

धैर्य रखो, विश्वास रखो और जिंदगी की
चुनौतियों का सामना गरिमा के साथ करो।

–माँ

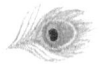

छठवां अध्याय

श्याम बाबा का प्रवेश

श्याम बाबा 1966 से ही माँ के ऊपर आने लगे थे। माँ ने इस बात को दो साल तक छुपाए रखा क्योंकि उन्हें पक्का पता नहीं था कि उनके साथ क्या हो रहा है। शुरुआत में तो उन्हें दिव्य दर्शन जैसा कुछ महसूस होने लगा, लेकिन उन्होंने इसकी ताकत को कभी जाँचने की कोशिश नहीं की।

माँ और बाऊजी परिवार लेकर कलकत्ता (अब कोलकाता) चले आए। आलू सिंहजी श्याम बाबा के एक परम भक्त थे और श्याम बाबा की सवारी उनमें आती थी। वे खाटू में रहते थे और वहीं माँ व बाऊजी से उनकी मुलाकात हुई थी। कलकत्ता में श्याम बाबा के कई भक्त थे और आलू सिंहजी वहाँ श्याम बाबा के कीर्तनों में हिस्सा लेने के लिए जाया करते थे। तब वे माँ और बाऊजी को भी साथ ले जाते थे।

एक बार जब माँ और बाऊजी श्याम बाबा का तीर्थ करने खाटू गए हुए थे, तो पवित्र श्याम कुंड में स्नान के बाद बाऊजी

की सोने की अंगूठी गुम हो गई। उन्होंने आलू सिंहजी को यह बताया, तो वे बोले कि श्याम कुंड की जब सफाई होगी तो वे उसे खोजने के लिए कहेंगे। माँ और बाऊजी के वहाँ रहते हुए ही वह अंगूठी मिल गई। श्याम बाबा ने आलू सिंहजी को बताया था कि वे माँ के माध्यम से भी प्रकट हो सकते हैं, लेकिन माँ को इस संभावना के बारे में पक्की जानकारी नहीं है। आलू सिंहजी ने माँ को कहा कि वे बाबा का ध्यान कर कर्मचारियों के सवालों का जवाब दें। उन्होंने वैसा ही किया। बाऊजी यह देख कर चौंक गए। उन्हें समझ नहीं आया कि माँ क्या कर रही हैं, इसलिए उन्होंने माँ को रोकने की कोशिश की, लेकिन वे नहीं रुकीं। इसी घटना के बाद यह बात सब लोग जान गए कि माँ भी श्याम बाबा को बुला सकती हैं।

इसके बाद माँ की प्रार्थना सभाओं में भक्तों का आना शुरू हो गया और बाबा उन्हें रास्ता दिखाने लगे।

बाबा जब आते थे तो भक्तों को घोड़े की टक-टक आवाज सुनाई देती थी और गुलाब की खुशबू फैल जाती थी, हालाँकि इन दोनों में से कुछ भी घर पर नहीं था। कहते हैं कि श्याम बाबा लीला नाम के घोड़े पर बैठ कर आते हैं। माँ जब बाबा का ध्यान लगाती थीं, तो कुछ भक्तों को इसी घोड़े की आवाज सुनाई देती थी।

बाऊजी भोर में चार बजे जगने के आदी थे। वे समय के पाबंद, बहुत तेज बुद्धि वाले आध्यात्मिक व्यक्ति थे। उनका हर काम को करने का समय बंधा हुआ था और वे बहुत व्यवस्थित जीवन जीते थे।

घर को हर सुबह छह बजे तक साफ कर दिया जाता था जिसके तुरंत बाद माँ और बाऊजी पूजा करते थे और इसके बीच उन्हें कोई भी खलल पसंद नहीं थी। बच्चों को पता था कि पूजा के दौरान उन्हें अपनी आवाज नीची रखनी है।

बाऊजी चीजों को एक व्यवस्थित और खास ढंग से किए

जाने को लेकर बहुत पक्के थे। माँ का वह बहुत ध्यान रखते थे और उनका मायका जाना भी उन्हें पसंद नहीं था क्योंकि उन्हें उनकी कमी खलती थी। दोनों का साथ अद्भुत था। जब बाऊजी को गुस्सा आता, तो माँ शांत रहती और कभी भी जवाब नहीं देती थीं। उनके गुस्से को पचाने के लिए वे चाय पीती रहती थीं और आखिरकार बाऊजी शांत हो ही जाते थे।

वे जब काम से लौटकर घर आते, तो हमेशा चाहते कि उनके बच्चे उनकी आँखों के सामने रहें। वे भले ही बाद में खेलने चले जाएँ, लेकिन उस वक्त बच्चों का घर पर होना जरूरी था ताकि बाऊजी उनका लाड़ कर सकें। बाऊजी को अपने परिवार से बहुत प्यार था।

एक दिन माँ को एक साँप दिखाई दिया जिसके माथे पर चक्र बना हुआ था। वह साँप रसोई के बाहर वाले बगीचे में एक प्याज पर बैठा हुआ था। भगवान शिव से जुड़ा होने के कारण साँपों को चूंकि पवित्र माना जाता है, इसलिए माँ ने उसे देखते ही अपने हाथ जोड़ लिए और वादा किया कि वे कभी भी प्याज या लहसुन का सेवन नहीं करेंगी। उन्होंने खुद प्याज और लहसुन खाना छोड़ दिया, हालाँकि हर सुबह बाऊजी को वे दवा की तरह लहसुन की दो कलियाँ देती थीं। इस तरह वे अपने वादे पर भी बनी रहीं, जबकि व्यावहारिक दृष्टि को भी उन्होंने नहीं छोड़ा।

माँ को जब उनकी छठवीं संतान श्याम का गर्भ ठहरा, तो वे दिल्ली चले आए। उसका जन्म 28 जनवरी 1969 को दिल्ली के एक अस्पताल में हुआ। दक्षिण दिल्ली की कैलाश कॉलोनी जैसी संपन्न जगह पर उनके पास एक आलीशान मकान था। उनके पास कारें थीं, ड्राइवर थे और नौकर भी थे। उनके घर में गुलाबों का एक बगीचा था और नौकरों के लिए कमरे थे। बाऊजी अब टेलर इंस्ट्रूमेंट्स (एक इंडो-अमेरिकन कंपनी) में वाइस प्रेसिडेंट-कॉमर्शियल बन चुके थे।

शशि की शादी 11 दिसंबर 1969 को हुई और वह पटना में जाकर बस गई। सबसे बड़ी बेटी होने के नाते शशि उन्हें बहुत प्रिय थी और बाऊजी चाहते थे कि वह हर महीने घर आए, हालाँकि माँ को लगता था कि शशि की शादीशुदा जिंदगी के लिए यह ठीक नहीं होगा, इसलिए वे बाऊजी को हिदायत देती रहती थीं।

25 अगस्त 1971 को माँ की सबसे छोटी संतान नीतू का जन्म हुआ। बाऊजी अपने काम के सिलसिले में 1971 और 1973 में लंदन चले गए थे। इस दौरान वे नैरोबी की यात्रा पर भी गए। उस वक्त भारत में काम कर रहे किसी भी व्यक्ति के लिए ऐसा मौका मिलना अपने आप में विशेष बात थी। बाऊजी ने अपने परिवार, अपनी नौकरी की जिम्मेदारियों और अपनी आध्यात्मिकता के बीच बढ़िया संतुलन साधा था।

1972 से माँ की प्रार्थना सभा में हर मंगलवार, शनिवार और एकादशी को कई भक्त आने लगे।

1976 में माँ और बाऊजी रिटायरमेंट के बाद रहने योग्य एक मकान की तलाश में निकले। उन्हें माँ के भाई के मकान के पास फरीदाबाद में एक जगह पसंद आई।

1977 में माँ ने एक धर्मशाला बनवाई जो मंदिर से सिर्फ दो मिनट की पैदल दूरी पर है।

यह 9 नवंबर 1977 की बात है। मेरे पापा दफ्तर से लौटे तो बड़े हताश दिख रहे थे। मैंने देखा कि मम्मी के साथ वे कमरे में सोफे पर बैठकर रो रहे थे। उसके बाद मेरी मम्मी भी रोने लगी। उन्होंने मुझे कमरे में आने से मना किया था।

मुझे लगा कि शायद नौकरी में कुछ गड़बड़ हो गई है। मुझे लगा कि इस दर्द की घड़ी में उन्हें छेड़ना ठीक नहीं

होगा, इसलिए दरवाजे पर कान लगाकर मैं सुनने की कोशिश करने लगी। उनकी आवाज़ इतनी धीमी थी कि कुछ भी सुनाई नहीं दे रहा था।

अगले दिन मम्मी-पापा मुझे और भाई को एक रिश्तेदार के घर लेकर गए। वे यह कहते हुए हमें छोड़कर चले गए कि उन्हें एक बीमार दोस्त को देखने अस्पताल जाना है। मैं और मेरा भाई दोनों किसी अनिष्ट की आशंका में बहुत घबराए हुए थे। फिर मैंने रिश्तेदार को उनकी बेटी से यह कहते हुए सुना कि बाऊजी गुज़र गए हैं।

मैं पूरी तरह बिखर चुकी थी। मेरा भाई भी सदमे में था। हम दोनों बगीचे में चले गए और एक कोने में छुपकर रोने लगे। हम दोनों ने उनकी श्रद्धा में अपने थोड़े-से बाल उतार दिए। भारत में पिता या दादा के गुजरने पर सिर मुंडवाने की प्रथा है।

मैं माँ का दुख नहीं बाँट सकी क्योंकि वह मुझसे हर तरह से इतनी ज्यादा सामर्थ थी कि मैं समझ नहीं पा रही थी कि किस तरह से मैं उन्हें आश्वासन दे पाउँगी। वह मेरे लिए भगवान-समान थी। ऐसा लगता था कि भूमिकाओं की इतनी बड़ी अदला-बदली मुझसे नहीं हो पाएगी।

आने वाले साल में माँ से मेरी मुलाकात बहुत कम हुई। कुछ समय तक उनमें बाबा की सवारी आनी बंद हो गई थी। वे लोग तब टेलर इंस्ट्रुमेंट्स के दिए मकान में रहते थे जहाँ बाऊजी की नौकरी थी। अब उन्हें वहाँ से कहीं और जाना था। माँ नए ठिकाने पर गृहस्थी को बसाने में ही व्यस्त रहीं।

इन चुनौतियों के बावजूद माँ की आस्था अटूट बनी रही। माँ की आस्था थी कि "श्याम बाबा सब संभालेगा।"

अब माँ ही इस परिवार की मुखिया थीं।

साल भर के भीतर ही माँ दिल्ली से फरीदाबाद चली गईं। उनके जिम्मे पाँच अनब्याहे बच्चे थे जो अब भी पढ़ रहे थे।

मैं पहली बार माँ के फरीदाबाद वाले घर पर उनके वहाँ

जाने के करीब साल भर बाद गई। मेरे मम्मी-पापा मुझे वहाँ लेकर गए थे। बाजार के पास एक चौड़ी सड़क पर हमने गाड़ी खड़ी की। माँ जिस मकान में रहती थीं, वह एक तल्ले का सफेद मकान था जिसकी छत पर टेरेस थी।

दो कदम सीढ़ियाँ चढ़ने के बाद हम बैठक में पहुँचे। पहले वाले घर के मुकाबले यह काफी सादा था। मुझे उम्मीद थी कि नए वातावरण के साथ माँ ने तालमेल बैठा ही लिया होगा।

माँ को देखते ही लगा कि वे तो अब भी पहले जैसी ही हैं। वे मुस्कराईं। उनकी मुस्कान ने मुझे इतनी राहत दी कि अचानक मेरी सारी चिंताएँ गायब हो गयीं। मैं फिर से आश्वस्त हुई कि वे साधारण चीजों के पार हैं।

घर के पीछे के हिस्से में मंदिर की स्थापना की गई थी। पुराने भक्त लंबा सफर कर के यहाँ आते थे। फरीदाबाद में उनके कुछ नए भक्त भी बने थे। ऐसा लग रहा था कि उनके सारे बच्चे नए माहौल में अब घुल-मिल गए थे।

माँ के आसपास खुद को दोबारा पाकर हमेशा की तरह मुझे राहत मिली। हालात के बदलने का माँ पर कोई फर्क नहीं पड़ा था। मुझे अहसास हुआ कि फर्क मकान बदलने से नहीं था, बल्कि फर्क माँ के होने से लोगों के जीवन में आता था।

हाल ही में माँ के बेटे श्याम ने मुझे बताया कि कैसे माँ ने बीमा पॉलिसी के पैसे से अपने गृहस्थी को संभाला था। उन्होंने अपने बच्चों को सही राह पर चलने की सीख दी और कभी भी ऐशो आराम पर अनावश्यक खर्च को बढ़ावा नहीं दिया। एक महिला, जिसके पति के जीते जी उसके पास कभी दो कारें हुआ करती थीं, ड्राइवर थे और काम करने को नौकर थे, आज वह अपने कानूनी और बीमा के कागजात दुरुस्त करवाने के लिए सरकारी बसों में अकेले सफर करने में कोई आपत्ति नहीं थी।

माँ अकेले ही बस से दिल्ली जाती थीं। वे नहीं चाहती थीं कि उनके चलते किसी और को परेशानी हो। उन्हें अंग्रेजी

पढ़नी नहीं आती थी। वे बसों के रंग से उन्हें पहचानती थीं। उनके पैसों से जुड़े मामलों को निपटाने का काम उनके दिल्ली के भक्त करते थे। या तो उनके बेटे या फिर कोई भक्त उन्हें बता देता था कि कहाँ उतरना है। उन्हें न तो सड़कों का ज्ञान था, न ही वे जगहों से परिचित थीं। बैंक के कागज़ात भी वे रंगों से ही अलग कर के पहचानती थीं। पैसे के मामले में वे सहज बुद्धि से काम लेती थीं। बाबा जब उनके ऊपर आते तो ऐसा लगता था कि उन्हें सब कुछ पता है। बाकी समय में वे बिलकुल साधारण गृहिणी थीं।

वे उपदेश नहीं देती थीं। अपने दर्शन को वे जीवन में उतारती थीं। उनकी सादगी और विनम्रता ही उनकी ताकत थी। उनकी विश्वसनीयता ही उनका परिधान थी जिसे पहन कर वे प्यार और आस्था के सहारे जीवन रूपी महाभारत में आगे बढ़ते जा रही थीं। निजी जीवन हो या सार्वजनिक, माँ दोनों को बराबर ईमानदारी और सच्चाई से जीती थीं। उनके आसपास की ऊर्जा इतनी शुद्ध थी कि उनसे मिलने वाला कोई भी इसे महसूस कर के खुद को नई ऊर्जा से भरा हुआ महसूस कर सकता था।

आपने अगर मन में हार मान ली है तो समझिए कि आप पहले ही हार चुके हैं। अगर आपने मन में जीत हासिल कर ली है तो आपका विजयी होना तय है।

–माँ

सातवां अध्याय

माँ की दुनिया बदल गई

दिवाली से एक दिन पहले 9 नवंबर 1977 को दफ्तर में गणेश-लक्ष्मी की पूजा के दौरान बाऊजी ने उन पर फूल चढ़ाए, सिर झुकाया और फिर कभी नहीं उठे। उन्हें दिल का दौरा पड़ा था। मौके पर ही वे चल बसे।

एक झटके में माँ की दुनिया बदल गई।

माँ ने 1978 में एक नए मकान की तलाश शुरू की। उन्हें उसी जगह पर एक मकान पसंद आया जो जगह उन्होंने बाऊजी के साथ रिटायर होने के बाद बसने के लिए देखी थी। माँ ने वह मकान खरीद लिया। अपने पाँच बच्चों के साथ 1978 में वे फरीदाबाद चली आईं। यह मकान उनके भाई के घर से सिर्फ दो गली की दूरी पर था।

माँ ने कभी काम नहीं किया था, इसलिए यह दौर उनके लिए बेहद कठिन था। कुछ लोग तो यहाँ तक कह गए कि ''अगर ये इतने बड़े भक्त हैं तो इन्हें क्यों इतनी समस्याओं का

सामना करना पड़ रहा है?''

उनके अपने बच्चों ने उन्हें चुनौती देते हुए सवाल किया, ''माँ की इतनी भक्ति के बावजूद श्याम बाबा ने उनकी मदद क्यों नहीं की?'' माँ को लगा कि उन्हें अपना कर्म जारी रखना है, इस सफर को पूरा करना है और बाबा में अपनी आस्था को भी बनाए रखना है।

वे चुपचाप जवाब देती थीं, ''मेरे बाबा को कुछ मत कहो, वे हर चीज का खयाल रखेंगे।''

उनकी बेटी अनीता याद करते हुए बताती हैं कि कैसे एक बार माँ अपने सबसे छोटे बेटे श्याम को गोद में लेकर डॉक्टर के पास गई थीं। अनीता ने तब कहा था, ''माँ, इतनी गर्मी में तुम श्याम को गोद में लेकर क्यों जा रही हो? वह बारह साल का है और इतना भी हलका नहीं है।''

माँ ने जवाब दिया था, ''उसमें चलने की ताकत नहीं है और डॉक्टर के पास जाना ही होगा, इसलिए मैं धीरे-धीरे लेते जाऊँगी।''

उन्होंने कभी भी अपने परिवार के सामने यह नहीं दिखाया कि वे पैसों की तंगी के कारण ऑटो या टैक्सी नहीं ले रही हैं। इस किस्म के किसी भी भय या असुरक्षा से उन्होंने अपने परिवार को बचाए रखा। घर को किफायत से चलाने के लिए सब्जियाँ और राशन लेने के लिए वे थोक बाजार में नियमित रूप से जाती थीं। बच्चों की जब परीक्षा होती, तब माँ सवेरे पाँच बजे उठ जाती थीं और उनके पढ़ने-बैठने से पहले उन्हें चाय दे देती थीं। अपनी अंदरूनी ताकत और आस्था के बल पर ही वे चुपचाप हर क्षण को जीती जा रही थीं।

माँ ने इस दौरान अपनी प्रार्थना सभाएँ जारी रखीं। पहले की ही तरह उनके भक्तों का वहाँ गर्मजोशी भरा स्वागत होता। एकादशी को रात भर चलने वाली पूजा के दौरान भक्त खुद ही अपने खाने-पीने का इंतजाम करते और उन्हीं के घर में आराम

करते या सोते थे। माँ हर किसी का खुले दिल से स्वागत करती थीं और सबको ऐसा अहसास होता कि यह उसी का अपना घर है। अपने भक्तों के प्रति माँ की उदारता और आतिथ्य पर उनके आर्थिक हालात का कोई असर नहीं था।

दो साल बीत गए, तब जाकर माँ ने अपने भक्तों के साथ एक और तीर्थयात्रा की योजना बनाई। उस वक्त मैं चौदह साल की थी और बाऊजी के गुजरने के बाद माँ को मैंने एकाध बार ही देखा था। उस अवधि में हालाँकि माँ अब भी मेरी अभिभावक थीं, लेकिन मैं बड़ी हो रही थी और मेरी जिंदगी भी अब बदल रही थी। मैं बहुत सामाजिक थी। अपने परिवार के अलावा मेरे दोस्तों का अपना समूह बन चुका था। मैं पहले से कहीं ज्यादा आत्मनिर्भर हो चुकी थी। मैं स्कूल में सफल होने के लिए कटिबद्ध थी और पढ़ाई के अलावा दूसरी गतिविधियों में मैं अपने स्कूल की नुमाइंदगी करती थी। वाद-विवाद प्रतियोगिता में समूची दिल्ली में जीतने पर मुझे एक ट्रॉफी मिली थी। अपने स्कूल के एक नाटक में मैंने केंद्रीय किरदार भी निभाया था।

वसंत का मौसम आने वाला था। फागुन मेला तीर्थ में माँ के साथ जाने की मेरी बहुत इच्छा थी। मैंने अपने मम्मी-पापा से पूछा कि क्या मैं उनके साथ जा सकती हूँ। वे खुशी-खुशी तैयार हो गए। अब तक श्याम बाबा के प्रति मेरी भक्ति को वे स्वीकार कर चुके थे और उन्हें यह अहसास हो चुका था कि इसका मेरे अकादमिक या सामाजिक जीवन पर कोई असर नहीं पड़ने वाला है।

हर साल भक्तों को तीर्थ पर खाटू भेजने के लिए एक बस का इंतजाम किया जाता था। जिनके पास पैसा होता, वे इसकी कीमत चुकाते थे और जो नहीं चुका पाते वे मुफ्त में आते थे।

मेरे मम्मी-पापा मुझे लेकर माँ के घर गए क्योंकि सफर की शुरुआत से पहले सबको यहीं इकट्ठा होना था। माँ के घर में करीब सौ एक भक्त थे। वे तीर्थ का सामान बाँध रहे थे और भजन गा रहे थे।

मैं मंदिर में गई, मैंने सिर झुकाया और माँ से आशीर्वाद लिया। प्रार्थना के बाद मुझे अनीता दिखाई दी। यह जानकर मेरा उत्साह बढ़ गया कि वह भी साथ चल रही है। अब हम लोग तीन दिन एक साथ रहने वाले थे।

मेरे लिए बड़ी बात यह थी कि माँ भी सबके साथ बस में यात्रा कर रही थीं। सात घंटे की यात्रा में हमने भजन गाए, बात की और सोये। पूरी यात्रा में मैं और अनीता साथ बैठे रहे।

कुछ भक्त खाने का सामान साथ लेकर आए थे। वे बस में समोसे और कचौड़ियाँ बाँट रहे थे। कुछ देर बाद हमें थकान महसूस होने लगी लेकिन शाम को हम रिंगस पहुँच गए।

मैं माँ, अनीता और अन्य भक्तों के साथ सतरह किलोमीटर लंबी पदयात्रा करना चाहती थी लेकिन मेरी मम्मी ने इसकी इजाजत नहीं दी। मुझे उम्मीद थी कि माँ इस मामले में दखल देंगी, लेकिन उन्होंने ऐसा कुछ नहीं किया। शायद मेरी मम्मी को लग रहा हो कि मैं पैदल जाने में थक जाती। मैं चुपचाप इसका सम्मान करते हुए बस में बैठ गई। बस में माँ की बहू ने मेरी मम्मी को इस बात की बधाई दी कि उन्होंने मुझे कितने अच्छे तरीके से पाला है। धर्मशाला तक पहुँचते-पहुँचते मैं भूल ही गई थी कि मैं निराश भी थी।

कुछ घंटे बाद हमें दूर से भजन-कीर्तन की आवाज आती सुनाई दी। सबका स्वागत करने के लिए हम दरवाजे तक भागे-भागे गए। मैं भागकर गई और माँ के पैर छू लिए। फिर मैं भागकर अनीता के पास गई और हम गले मिले।

उसने कहा, ''अरे, तुम्हें साथ आना चाहिए था। रात में तारों को देखते हुए नंगे पैर चलना कितना आनंदमय था। हम भजन

गा रहे थे और रुकते-रुकते आ रहे थे क्योंकि श्याम बाबा की सवारी आती रही और वे भक्तों को जवाब देते रहे।''

मुझे उसे देखकर खुशी हो रही थी, लेकिन यह भी लग रहा था कि मैं किसी विशेष मौके से चूक गई।

पीछे के आँगन में लोग चमत्कार की कहानियाँ सुना रहे थे और काफी उत्साहित थे। बिल्कुल त्योहार जैसा माहौल था। मैं और अनीता परिवार के अन्य सदस्यों के कमरे में ही फर्श पर बिछे गद्दों पर लेट गए। दिन में गर्मी थी, लेकिन रात में ठंड हो गई और हमें कंबल ओढ़ना पड़ा।

सवेरे चाय बाँटते और भजन गाते भक्तों की आवाज से मेरी नींद खुल गई। हमने मसाला चाय पी और फिर नहा कर हम दर्शन के लिए तैयार हो गए। माँ ने हमें याद दिलाया कि जिस तरह हम अपने समूह में एक-दूसरे के साथ मिलकर रहते हैं, उसी तरह दूसरे लोगों के साथ भी हमें उदार और मिलनसार बने रहना है।

दर्शन के बाद हमने मिलकर साथ में खाना खाया। दोपहर में हम भजन-कीर्तन के लिए इकट्ठा हुए। यह कितना सुखद था। मुझे खुशी थी कि इतने लंबे समय बाद मैं बिलकुल अपने में मगन हो सकती हूँ। उस दिन एकादशी थी। हम पूरी रात ध्यान करते रहे, भजन गाते रहे और भक्ति में नाचते रहे। माँ में बाबा की सवारी आती थी और सब भक्त भजन गाते थे। धीरे-धीरे भजन की गति बढ़ती जाती, आवाज तेज होती जाती और माहौल में जोश भरता जाता था। फिर भक्त लोग उठकर नाचने लगते। पूरे माहौल में उत्साह और आनंद था। इसके बाद हम गुलाल से होली खेलने लगे।

अगले दिन द्वादशी थी। इस दिन ज्योत लेने की प्रथा है। मैं भक्तों के साथ बैठ कर गा रही थी। माँ अपनी विशेष दरी पर बैठी हुई थीं। उन्होंने गरम कोयले के बगल में घी में डुबोयी हुई रुई की एक बत्ती जलायी और तुरंत कोयले ने आग पकड़

ली। फिर माँ ने चूरमा, खीर, मिसरी और घर में बने मक्खन से आहुति दी। इसी कर्मकांड को द्वादशी ज्योत कहते हैं।

इसके बाद माँ, बाबा और भक्तों के साथ और ज्यादा नाचने व गाने का दौर चला। पूरे सभागार में तेज, गतिशील और सकारात्मक ऊर्जा भर चुकी थी।

दोपहर में हमने धर्मशाला में भोजन किया। खाने के बाद हमने सामान बाँधना शुरू किया और बस में बैठ गए। मैं अनीता के बगल में ही बैठ गई। मैं तब तक इतना थक चुकी थी कि तकरीबन पूरा सफर मैंने सोए हुए ही बिताया।

जब भी अपने हाथ उठाओ, देने के लिए उठाओ

–माँ

आठवां अध्याय

भूमिका में बदलाव

मुरारी की शादी 20 फरवरी 1980 को संतोष से हुई। उन्हें 13 नवंबर 1982 को जुड़वाँ बेटियाँ पैदा हुई लेकिन इस दौरान उनकी पत्नी संतोष कोमा में चली गईं। उन्हें ठीक नहीं किया जा सका और बच्चों को जन्म देने के ग्यारहवें दिन वे गुजर गईं। बच्चों को माँ अपने घर लेकर आईं और उनके भाई महेंदर कुमार जी ने एक बच्ची चीनू को पालने का विचार किया। उसकी जुड़वाँ बहन मीनू को माँ ने ही पाला।

मुरारी की 8 फरवरी 1985 को नीलम से शादी हुई। इन्हें 23 फरवरी 1987 को एक संतान हुई जिसका नाम राहुल रखा गया। मुरारी की पहली पत्नी से हुई बेटी मीनू उसे सनी नाम से पुकारती थी। वो आज सनी भैया के नाम से संबोधित किए जाते हैं।

सुनीता की शादी 4 दिसंबर 1985 को और अनीता की शादी 26 जून 1989 को हुई। इसके बाद माँ के पास सिर्फ नीतू और मीनू की जिम्मेदारी रह गई।

❖

मुझे 1983 में चेहरे पर बहुत मुहाँसे हो गए थे जब मैं सोलह साल की थी। मेरा आत्मविश्वास पूरी तरह हिल गया था। मेरे पूरे चेहरे पर मवाद वाले दाने भर गए थे। इतना दर्द था कि मैं न तो खाना खा सकती थी, न हँस सकती थी और चेहरे को जरा सा हिलाने पर भी मेरी त्वचा में दरारें पड़ जाती थीं। फिर मेरा चेहरा सूज गया और उसमें से खून रिसने लगा। मेरे रिश्तेदार चिंतित थे कि मेरा चेहरा कभी ठीक नहीं हो पाएगा और मेरी शादी नहीं हो पाएगी।

अपना चेहरा छुपाने के लिए मैंने सिर झुका कर चलना शुरू कर दिया। उन दिनों भारत में इसके इलाज की दवाएँ नहीं होती थीं। डॉक्टर पुराने दानों को ठीक करता तो नए दाने उभर आते थे।

एक साल तक मैं इस सदमे से गुजरी लेकिन उसके बाद अचानक यह ठीक हो गया। माँ ने बाबा का ध्यान करने के बाद मुझे श्याम कुंड से लाया श्यामजल दिया और उसे चेहरे पर लगाने को कहा। इसके बाद मुहाँसे आने पूरी तरह बंद हो गए और चेहरे की लाली भी ठीक होने लगी। इसके बावजूद चेहरे पर मुहाँसों के जो दाग बच गए, उनके चलते मेरी माँ को बहुत चिंता थी कि मेरी शादी कैसे होगी।

श्याम बाबा ने कहा, ''चिंता मत करो, बस चेहरे पर श्यामजल लगाती रहो और वह बिलकुल ठीक हो जाएगी।''

एक साल के भीतर अधिकांश दाग चले गए।

मैं दिल्ली विश्वविद्यालय से 1987 में जब इकोनामिक्स में स्नातक की पढ़ाई कर रही थी, तब मेरी मम्मी को मेरी शादी की चिंता होने लगी। वह श्याम बाबा से लगातार पूछती रहती थी कि मेरी शादी कब होगी। हमारी बिरादरी में शादियों में बहुत

खर्चा होता हैं और मेरा उसूल था कि मैं दहेज नहीं दूंगी। मेरी मम्मी को इस बात की चिंता भी थी कि पैसे खर्च किए बगैर मेरी शादी कैसे हो पाएगी।

मेरी मम्मी जब कभी श्याम बाबा से इस बारे में पूछती, तो वे बस इतना कहते, ''तुम परेशान क्यों हो? संगीता मेरी जिम्मेदारी है। वह खुद तय करेगी कि उसे किससे शादी करनी है। कोई बाधा नहीं आएगी।''

मेरी मम्मी की चिंता फिर भी खत्म नहीं होती। उन्हें लगता था कि बाबा उन्हें दिलासा दे रहे हैं। जब मंजिल सामने दिखाई नहीं देती है तो मुसाफिर को यह यकीन करना मुश्किल हो जाता है कि वह वहाँ कब पहुँचेगा। इसके लिए आपमें आस्था और समर्पण का भाव बहुत ज्यादा होना चाहिए।

फरवरी 1989 में फागुन मेले के दौरान तीर्थयात्रा में माँ में जब बाबा की सवारी आई तो मेरी मम्मी को उन्होंने अपने पास बुलाया।

श्याम बाबा ने मेरी मम्मी से पूछा, ''तुम्हारे मन में शंका है? है ना?''

''नहीं बाबा, मुझे माफ कर दीजिए।''

''उसकी शादी साल भर के भीतर हो जाएगी। तुम्हें चिंता करने की जरूरत नहीं है, वे खुद तुम्हारे घर आएँगे उसका हाथ माँगने। लड़का विदेश में रहता है। उसके एक भाई और एक बहन है। उसका नाम 'स' से शुरू होगा और वह चार्टर्ड अकाउंटेंट होगा। संगीता की बाईसवीं सालगिरह के बाद तुम्हारे पास रिश्ता आएगा।''

''बाबा, वह मेरी इकलौती बेटी है। आप उसे विदेश क्यों भेज रहे हैं?''

''खुद उसी से पूछो, वह तो खुद विदेश जाना चाहती है।''

मेरी मम्मी ने घर लौटने के बाद मुझसे यह बात पूछी। मैंने उन्हें बताया कि मैं विदेश रहना चाहती हूँ ताकि मैं ज्यादा खुले

दिमाग वाला उदार जीवन जी सकूँ। मेरे दिमाग में यह बात साफ थी कि मुझे एक प्रोफेशनल से योग्य शख्स से शादी करनी है जिसका जिंदगी का नजरिया तंग न हो। मेरे लिए सबसे जरूरी यह बात थी कि मेरे साथ सम्मान और प्रतिष्ठा भरा बरताव किया जाए, हालाँकि यह सुनकर मैं थोड़ा निराश हुई कि लड़का चार्टर्ड अकाउंटेंट होगा क्योंकि मैं एक ऐसा जीवनसाथी चाहती थी जो एक जगह बैठ कर नौकरी न करता हो बल्कि जिसके साथ मैं दुनिया देख सकूँ। मेरे दिमाग में एक बात यह भी थी अकाउंटेंट पैसे को ज्यादा तरजीह देने वाले लोग होते हैं। मैं एक खुले दिल का जीवनसाथी चाहती थी जो पैसे से ज्यादा इंसानियत को अहमियत देता हो।

शुरुआत में जिन लोगों के पास से विवाह के प्रस्ताव आए, उनमें इंजीनियर और एमबीए थे। इनमें कोई भी अकाउंटेंट नहीं था।

मेरे बाइसवें जन्मदिन के बाद बाबा ने मुझे पाँच गुरुवार का उपवास रखने को कहा। मुझे कुछ पीला खाना था और भूरी गाय को गुड़ खिलाना था। पाँचवें गुरुवार से पहले ही मेरी सगाई हो गई।

शादी के दो प्रस्ताव तकरीबन एक साथ आए। दोनों विदेश में रहने वाले चार्टर्ड अकाउंटेंट थे और दोनों के एक भाई व एक बहन थी। दोनों के नाम 'स' से शुरू होते थे। एक अमेरिका में बसा हुआ था तो दूसरा त्रिनिदाद और टोबैगो में था (आगे मैं इसे त्रिनिदाद लिखूंगी)। दोनों ही मेरी बिरादरी के थे, दोनों के परिवार परंपरागत लेकिन शिक्षित थे और दोनों ही अपने करियर के प्रति गंभीर थे।

बाबा बोले, "अब मर्जी तुम्हारी बेटी की है कि वह किसे चुने। दोनों ही हाँ कह देंगे।"

अमेरिका में रहने वाले से मेरी मुलाकात दिसंबर 1989 में होनी तय थी, लेकिन अचानक उनके ग्रीन कार्ड में कुछ दिक्कत पैदा हो गई और उन्हें अपनी भारत यात्रा टालनी पड़ी। त्रिनिदाद में

रहने वाले चार्टर्ड अकाउंटेंट को मुझसे जनवरी 1990 में मिलना था। वे आए और हम मिले भी।

बात 18 जनवरी 1990 की है जब मेरे पापा, सुधीर और उनके माता-पिता को लेने नई दिल्ली रेलवे स्टेशन गए। वे लोग अपना सामान जब इकट्ठा कर रहे थे, तब मेरे पापा ने मुझे फोन कर के बताया कि सुधीर काफी सम्मान देने वाले एक सुशील युवक हैं। मेरे पापा की आवाज में एक उत्साह था जिसे मैं महसूस कर पा रही थी।

सुधीर अपने माता-पिता और रिश्तेदारों के साथ मुझसे मिलने हमारे घर आए। वे गाढ़े नीले सूट के नीचे एक हलके नीले रंग की शर्ट और चमड़े के काले जूते पहने हुए थे। मुझे यह बात अच्छी लगी कि इस मौके की अहमियत को समझते हुए वे ठीक से तैयार होकर आए हैं। भीतर आते हुए वे मुझे देखकर गर्मजोशी से मुस्कराए और बोले, ''हलो''!

मैंने भी मुस्करा कर उनका अभिवादन किया।

सुधीर ने बाद में बताया कि त्रिनिदाद से मुंबई वाया लंदन और फिर मुंबई से नई दिल्ली की ट्रेन में गुजारे चालीस घंटों ने उन्हें थका दिया था, लेकिन मेरी मुस्कान ने उनकी थकान दूर कर दी थी। वे तुरंत मेरी ओर आकर्षित हो गए थे। उनके लिए यह पहली नजर का प्यार था। उन्होंने हाँ कहने का मन बना लिया था।

उन्होंने मुझसे कहा था कि वे हर बार अपने घर लौटने पर मेरी इसी मुस्कान को देखना चाहते हैं।

जहाँ तक मेरी बात है, तो माँ और बाबा ने तो पहले ही उनके साथ मेरी शादी की बात बता रखी थी और चूँकि मेरे मन में बहुत आस्था थी, तो मामला बस इतना था कि मैं खुद को उनके साथ सहज कर लूँ।

हम सभी जब एक साथ बैठे तो हर कोई सहज दिखने की कोशिश कर रहा था, लेकिन मुझे अहसास था कि सबकी

निगाह मुझ पर है। मैं नारंगी सलवार कमीज पहने हुए नाश्ता लेकर कमरे में आई। मैंने अपने कपड़े खुद डिजाइन किये थे और इसमें काफी सुंदर महसूस कर रही थी।

मैं सुधीर के परिवार के पास बैठ गई और उनके पिताजी से बात करने लगी। उन्होंने मुझसे सामान्य सवाल पूछे। सुधीर का बाकी परिवार बड़े गौर से सुन रहा था और सबकी निगाह के केंद्र में मैं ही थी।

मुझे लग रहा था कि मैं एक ऐसे मोड़ पर खड़ी हूँ जहाँ से मेरी जिंदगी एकदम से बदलने वाली है। इसके बावजूद अजीब बात यह थी कि मेरे मन में शांति, और कोई भय या घबराहट महसूस नहीं कर रही थी। मैं आश्वस्त थी कि माँ और बाबा मेरे साथ हैं और उन्हीं के आशीर्वाद से यह सब हो रहा है।

बातचीत खत्म होने के बाद मेरे मम्मी-पापा ने सुधीर से कुछ सवाल पूछे। पूरे सम्मान और जहनियत से उनका जवाब देते हुए देखकर सुधीर में मेरा भरोसा और बढ़ा। उनका बरताव और शांत चित्त मुझे पसंद आया। वे बहुत धैर्यवान और आश्वस्त व्यक्ति थे।

मेरे पापा को तो वे स्टेशन पर ही पसंद आ गए थे और मेरी मम्मी उन्हें इतना पसंद कर चुकी थीं कि वे बार-बार मेरी हाँ सुनने के लिए मुझे रसोई में बुला रही थीं।

उन्होंने कहा, ''वह बहुत अच्छे हैं। अब कोई बहाना मत बनाना।''

अब तक मैंने और सुधीर ने आपस में बात नहीं की थी। बस एक या दो बार हमारी नजर एक-दूसरे से मिली थी।

करीब आधे घंटे बाद सुधीर के अंकल बोले, ''या तो हम लोग किसी दूसरे कमरे में चले जाएँ और सुधीर-संगीता को यहाँ अकेला छोड़ दें या फिर इन्हें एक कमरे में भेज दें ताकि ये एक-दूसरे को जान सकें।''

सब लोग हँसे। मैं और सुधीर दूसरे कमरे में चले आए।

उनके अंकल ने जिस सहज तरीके से यह स्थिति संभाली, उससे मुझे थोड़ी राहत मिली।

हम दोनों मेरे कमरे में चले आए। सुधीर मेरे बिस्तर के एक कोने में बैठ गए। मैं दूसरी तरफ बैठ गई।

सुधीर ने मुस्कराते हुए कहा, ''आपने तो मुझे बहुत कुछ बोलते सुना है। अब मैं आपके मुँह से आपके बारे में कुछ और सुनना चाहता हूँ।''

मैंने शर्माते हुए पूछा, ''आप किस चीज के बारे में सुनना चाहेंगे?''

वे मुस्करा कर बोले, ''कुछ भी।''

एक बार मैंने बोलना शुरू किया, तो उसके बाद बातचीत अपने आप निकलती चली गई। मैं सहज महसूस कर रही थी। हम लोगों ने अच्छे दोस्तों की तरह हँसते हुए बात की। घंटे भर बाद मेरे भाई ने दरवाजा खटखटाया और वह भी बातचीत में शामिल हो गया। कुछ देर बाद सुधीर के पिताजी आए और उन्हें बुलाकर ले गए।

सुधीर लौटकर आए तो मेरे भाई ने कहा कि हम सबको बाहर कॉफी के लिए चलना चाहिए। मैं निकलने ही वाली थी कि मेरे पापा ने मुझे अपने कमरे में बुलाया और पूछा, ''सुधीर पसंद आए?''

मैंने जवाब दिया, ''वे अच्छे इंसान लग रहे हैं। मुझे लगता है कि मेरी तरफ से हाँ है।'' यह सुनकर उन्हें काफी राहत मिली।

मैं सुधीर से तब तक प्यार तो नहीं करती थी, लेकिन बाबा के कहे में कुछ तो ऐसा था कि मैं जानती थी मुझे उनसे प्यार हो जाएगा। दैवीय ताकत में अपनी आस्था के चलते मैं मान चुकी थी कि सुधीर सच्चे इंसान हैं और इसी ने मुझे अपनी जिंदगी का सबसे अहम फैसला लेने को प्रेरित किया।

हम तीनों अपनी कार से पंचशील एंक्लेव के एक आधुनिक कैफे में चले आए। कॉफी खत्म कर के मेरा भाई वॉशरूम

चला गया, तब मैंने सुधीर से पूछा, ''यहाँ के बाद आपकी योजना क्या है?''

सुधीर ने गर्व से जवाब दिया, ''मैं अपने मम्मी-पापा के साथ अपने दादाजी को मिलने आज रात अजमेर जा रहा हूँ। मैं मानकर चल रहा हूँ कि आप कल अपने माता-पिता के साथ आ रही हैं और कल ही हमारी सगाई होगी।''

हमारे पिता ने शायद इसकी व्यवस्था कर रखी थी और सुधीर को इसकी पहले से जानकारी थी। मुझे इस बात से खीझ हो सकती थी कि मेरे पापा ने मुझे पहले क्यों नहीं बताया, मैं आश्चर्यचकित हुई परन्तु इस योजना को स्वीकारते हुए मुस्कराई क्योंकि हमारे रिश्ते पर श्याम बाबा और माँ का आशीर्वाद था। जाहिर है, इस योजना में कोई बाधा नहीं आ सकती थी।

अगली सुबह हम लोग अजमेर की सात घंटे की यात्रा पर ट्रेन से सफर किए। सुधीर के ताऊजी के बेटे की भी उसी दिन सगाई थी और यह तय किया गया था कि उसी समारोह में मेरी और सुधीर की भी सगाई कर दी जाएगी।

मम्मी पूरे सफर में काफी उत्साहित थीं। वे मेरे लिए सुनहरी काम की भारी साड़ी लेकर आई थीं जो उनकी माँ ने उन्हें दी थी।

अगले दिन मेरी और सुधीर की सगाई हो गई और पाँच हफ्ते से भी कम समय के भीतर 20 फरवरी 1990 को हमारी शादी हो गई। मेरी जिंदगी में इतनी तेजी से और इतने नाटकीय तरीके से जाने कितने बदलाव आ गए थे। आखिरी वक्त में सारे इंतजाम करने में व्यस्त रहने के बावजूद सुधीर के परिवार ने लगातार मेरा खयाल रखा।

पंडितजी ने सगाई की रस्म करवाई और सुधीर की मम्मी ने मुझे साड़ियाँ और गहने दिए। इसके बाद मैंने सभी के पैर छुए जिसके बाद सबने मुझे आशीर्वाद के रूप में पैसे दिए।

उस रात सुधीर, मेरा भाई और मैं रात भर की बस से

दिल्ली आए। सुधीर के बगल में बैठकर मैंने उन्हें माँ और श्याम बाबा के बारे में बताया और हमारे रिश्ते की भविष्यवाणी की पूरी कहानी सुनायी। उन्होंने बड़े चाव से पूरी बात सुनी और माँ से मिलने की इच्छा जाहिर की।

हमने पहली बार एक-दूसरे का हाथ पकड़ा। मैं खुद को उनके करीब पा रही थी। मुझे अब उनसे प्यार हो रहा था।

चिंता मत करो, खुश रहो
समय के साथ सब ठीक हो जाएगा

–माँ

नवां अध्याय

सांसारिक ज़िम्मेदारियाँ

माँ ज्यादातर समय घर पर ही रहती थीं। मीनू और सनी दोनों मिलकर उनकी पूजा की तैयारियों में हाथ बंटाते थे। लोग उनसे मिलने आम तौर से उनके घर ही जाया करते थे। जैसे-जैसे साल बीतते गए, माँ बिना ध्यान किए ही भक्तों का जवाब देने में सक्षम हो गईं।

अनीता फरीदाबाद में अपने पति के साथ रहती थी और तकरीबन रोजाना ही माँ से मिलने आती थी।

उनके दोनों बेटे मुरारी और श्याम माँ के साथ ही अपनी पत्नी और बच्चों समेत रहते थे।

माँ की सबसे छोटी बेटी नीतू की शादी 1996 में हुई।

इसके बाद माँ के परिवार और घर के प्रति बुनियादी जिम्मेदारियाँ खत्म हो गईं और वे दूसरों की सेवा में ज्यादा वक्त देने लगीं।

अब भी अपनी पौत्री मीनू को उन्हें बसाना था। उन्हें अपना पौत्र सनी भी बहुत प्यारा था।

❖

फरवरी 1990 में माँ हमारे साथ ट्रेन से बीस घंटे से ज्यादा का सफर तय कर के मेरी शादी में आशीर्वाद देने आई थी और लगातार आठ दिनों तक रही थीं। उनके लिए अपना घर छोड़कर कहीं और जाना, वो भी इतने लंबे समय के लिए, असामान्य बात थी।

हम सभी कलकत्ता के एक गेस्ट हाउस में रुके थे। मेरे सास-ससुर चाहते थे कि शादी कलकत्ता में ही हो। मेरे परिवार के लिए यह शहर नया था, लिहाजा मेरे ससुर ने सारे इंतजाम किए थे।

मेरी शादी से एक दिन पहले माँ ने कहा था, ''कल तुम्हारी शादी हो रही है। इधर आओ, मैं तुम्हें एक बात बताना चाहती हूँ।''

माँ के साथ ऐसे निजी पल मेरी जिंदगी के सबसे अनमोल पल रहे हैं। उनके ज्ञान के बदले में मैं दुनिया के किसी भी सुख को छोड़ सकती थी। मेरा उत्साह कुलाँचे मारने लगा।

हम लोग गेस्ट हाउस के कॉमन रूम में बैठे हुए थे। रिश्तेदारों को जब यह अहसास हुआ कि माँ मुझसे अकेले में बात करना चाहती हैं, तो वे चुपचाप बाहर चले गए। माँ हमेशा साड़ी का पल्लू सिर पर रखती थीं। उस वक्त वे हरे रंग की साड़ी पहने हुए थीं। मैं हरे और गुलाबी सलवार सूट में थी और मेरे हाथों-पैरों में मेंहदी रची हुई थी।

माँ एक हाथकुर्सी पर बैठ गईं और मैं फर्श की कालीन पर बैठ गई।

वे काफी शांत और कोमल दिख रही थीं। हम एक-दूसरे को देखकर मुस्कराए, हालाँकि मेरे बैठने के बाद वे थोड़ा गंभीर हो गईं। उन्हें देखकर मैं उस वक्त बता सकती थी कि वे कोई

बहुत अहम बात कहने जा रही थीं।

माँ ने कहा, ''आजकल लड़कियाँ अपने पति को उसके परिवार से अलग करने के तरीके खोजती रहती हैं। वे पारिवारिक रिश्तों को तोड़ने की कोशिश करती हैं। तुम ऐसा नहीं करोगी।''

वे बोलती रहीं, ''कभी किसी से किसी भी चीज़ की अपेक्षा मत रखना। अगर ऐसा किया तो तुम्हें निराशा होगी। इस दुनिया में तुम लेने नहीं, देने के लिए आई हो। जितना भी दे सकती हो, दूसरों को दो।''

मैंने बड़ी मासूमियत से पूछा, ''लेकिन मेरे पास कितना है माँ, कि मैं देती रहूँ?''

उन्होंने मुझे आश्वस्त करते हुए कहा, ''बेटा तू इसकी चिंता क्यों करती है? तू बस श्याम बाबा से माँगना, वे तुझे देंगे। यह कैसे होगा, यह तू उन पर छोड़ दो।''

मैंने थोड़ा परेशान होते हुए पूछा, ''क्या मैं अपने पति से कुछ माँग सकती हूँ?''

उन्होंने जवाब दिया, ''अपने पति से अगर तुम कुछ माँगोगी, तो वे जरूर तुम्हें देंगे लेकिन इतना याद रखना कि तुम्हें वही मिलेगा जो तुम माँगोगी। जब तुम उनसे कोई माँग नहीं करोगी, तब वे तुम में दिलचस्पी लेना शुरू करेंगे। उन्हें अचरज होगा कि तुम कुछ माँग क्यों नहीं रही। फिर वे तुम्हें समझने की कोशिश करेंगे, तुम्हारी पसंद-नापसंद के बारे में जानना चाहेंगे। वे तुम्हारी दुनिया को जानना चाहेंगे और फिर पूरी दुनिया तुम्हें लाकर दे देंगे। धैर्य रखना क्योंकि इसमें वक्त लगेगा। तुम्हें ज्यादा सहिष्णु और धैर्यवान बनना होगा, लेकिन उसके बाद जो प्रेम और सम्मान उपजेगा, वह लंबे समय तक बना रहेगा।''

जैसे-जैसे समय बीतता गया, मैं उनके कहे को याद रखती गई और अपनी क्षमता के मुताबिक जितना संभव हो सका, उनके ज्ञान को अपने भीतर उतारती गई। मैंने कभी भी अपनी चाहतों का इजहार नहीं किया। वे कभी-कभार मुझसे नाराज भी हो

जाते थे कि मैं उन्हें अपने लिए कोई उपहार क्यों नहीं खरीदने दे रही हूँ।

ऐसे में वे प्यार से कहते, ''मैं इतनी मेहनत किसके लिए करता हूँ? मैं चाहता हूँ कि मेरी पत्नी के पास सब कुछ हो।''

धीरे-धीरे उन्हें मेरी जिंदगी, मेरे मूल्यों और मेरे नजरिये में दिलचस्पी पैदा होने लगी। मैंने इस फर्क को महसूस भी किया। मेरे साथ उनका रिश्ता और गहरा होता गया और यह सच है कि इसमें काफी वक्त लगा और बहुत धैर्य भी रखना पड़ा, लेकिन उन्होंने आखिरकार मेरी दुनिया को गले लगा ही लिया और मेरे लिए यह उनकी सबसे बड़ी भेंट थी।

मेरी शादी के बाद मैं अपने ससुराल में पाँच दिनों तक रही। संयुक्त परिवार में नई जीवनशैली के साथ तालमेल बैठाना मुझे काफी चुनौती भरा काम लगा। हम में से हर किसी की एक-दूसरे से अलग-अलग अपेक्षाएँ थीं। एक दिन तो मैं वाकई बहुत निराश हो गई और मैंने अपने पति के ऊपर सारा गुस्सा निकाल दिया। इसके बाद हमने खुलकर बात की और सारे मतभेद दूर हो गए।

मैं 25 फरवरी 1990 को दिल्ली वापस आई और अगले ही दिन माँ के पास उनका आशीर्वाद लेने पहुँच गई। पति के साथ मुझे देखकर वे बहुत खुश हुईं। मैंने सिल्क की साड़ी और सोने के गहने पहने हुए थे। इस सजधज में मुझे एक संपूर्ण औरत की तरह माँ को बहुत सुकून मिला।

जब बाकी लोग सुधीर के साथ बात कर रहे थे, उन्होंने मुझे अपने पास अकेले में बैठने को कहा।

वे बोलीं, ''कलकत्ता में जो हुआ, उसे नहीं होना चाहिए था।'' मुझे थोड़ा आश्चर्य हुआ, क्योंकि मैंने उस घटना के बारे में किसी से कोई बात नहीं की थी और वैसे भी मैं खुद उसे तकरीबन भूल चुकी थी।

मैंने सिर झुका कर कहा, ''हाँ माँ।''

फिर मैंने कहा, "लेकिन आप जानती हैं माँ, मुझे छोटा महसूस हुआ था।"

उन्होंने प्यार से कहा, "तुम्हें कोई छोटा महसुस नहीं करा सकता। तुम जो हो, सो हो। इस नाटक से अपने आप को दूर रखो। बेटा, तुमसे तुम्हारा प्रकाश आखिर कौन छीन सकता है?"

"आखिर इसका तुम पर असर ही क्यों पड़ा? खुद को इतना मजबूत बनाओ कि तुम्हें जवाब देने की जरूरत न पड़े।"

माँ ने मेरी आँखों में करुणा के साथ देखा।

फिर उन्होंने पूछा, "तो अब तुम क्या करोगी?"

मैंने पूछा, "जैसा आप कहें माँ।"

माँ बोलीं, "घर लौटकर अपने सास-ससुर को फोन करना और माफी माँगना। और उनसे पूछना आपने माफ कर दिया ना?"

वे मुस्कराते हुए बोलीं, "माफी माँगने से कोई छोटा नहीं हो जाता है।"

सुधीर कमरे में वापस आए, तो माँ उन्हें देखकर मुस्कराईं और कहा, "संगीता से एक गलती हुई है, आगे से ऐसा नहीं होगा।"

माँ का ज्ञान और नजरिया मेरे लिए हमेशा जादू की तरह होता था। मैंने घर पहुँचकर कलकत्ता फोन लगाया और अपने सास-ससुर से माफी माँगी। उन्हें अच्छा लगा। वे बोले कि वे भी इस घटना को भूल चुके थे और उन्होंने मुझे माफ कर दिया था।

इस घटना के बाद सुधीर, माँ की गहराई और मेरे ऊपर उनके प्रभाव को अच्छे से समझने लगे थे।

उस घटना और परिस्थिति के बारे में इतनी साफगोई और सहजता के साथ बिना कोई फैसला दिए माँ ने जैसा समझाया था, उससे मुझे यह समझ में आया कि दूर खड़े रहकर भी जिंदगी के आर-पार बड़ी आसानी से देखा जा सकता है। उनके प्यार में रत्ती भर भी फर्क नहीं पड़ा था, लेकिन असल बात यह थी कि वे सबके प्रति उतना ही लगाव रखते हुए भी किसी

के मोह में नहीं थीं, न ही किसी पर अपने विचार लादती थीं।

मुझे हमेशा इस बात में आश्चर्य होता रहा है कि उनके करीब रहने पर मैं क्यों खुद को इतना महत्वपूर्ण महसूस करने लगती हूँ। ऐसा इसलिए था क्योंकि वे इतनी छूट देती थीं कि आप उनसे अपने मन की बात कह सकते थे और वे एक माँ की तरह हमेशा आपके साथ होती थीं। मुझे जब कभी मार्ग-दर्शन की जरूरत होती थी, मैं जानती थी कि मुझे माँ से बात करनी चाहिए।

हम सब विशिष्ट हैं और बराबर हैं।
और कोई नहीं बल्कि हमारे अपने विचार और व्यवहार ही हमें
छोटा या बड़ा बनाते हैं।

–माँ

दसवां अध्याय

आध्यात्मिक जीवन

गुजरते वक्त के साथ माँ की दिनचर्या कुछ यूँ बन गई कि सुबह उठ कर नहाने के बाद वे मंदिर में अपने पोते-पोती और कुछ भक्तों के साथ ध्यान करती थीं। इसके बाद करीब एक घंटे तक वे भजन गाते थे।

दोपहर के खाने के बाद वे आराम करती थीं। उनका शरीर अब पहले जितना साथ नहीं दे रहा था और उन्हें उच्च रक्तचाप की शिकायत रहने लगी थी। इसके बावजूद हर किसी के लिए उनके दरवाजे हर वक्त खुले रहते थे और उनसे मिलने के लिए पहले से किसी को वक्त नहीं लेना पड़ता था। वैसे तो वे घर पर ही रहना पसंद करती थीं, लेकिन अगर कोई भक्त उनसे विशेष आग्रह करता तो किसी विवाह या गृहप्रवेश जैसे मौके पर वे अपना आशीष बरसाने चली जाती थीं।

दोपहर की हलकी नींद के बाद लोग उनसे मिलने और ज्ञान लेने के लिए आते थे। काम खत्म होने के बाद अनीता अपनी

माँ के पास चली आती थी। शाम को बेटे घर वापस आते तो उनसे मिलने के बाद ही वे शाम की पूजा-अर्चना करती थीं। वे बड़े धैर्य से लोगों की समस्याओं को सुनती थीं और अपना ज्ञान प्रवाहित करती थीं।

साल में दो बार सैकड़ों भक्तों के साथ माँ राजस्थान के खाटू में श्याम बाबा के मंदिर तीर्थयात्रा पर जाती थीं। रिंगस पहुँचने के बाद हमेशा की तरह माँ रेलवे स्टेशन से धर्मशाला तक हाथ में निशान लिए हुए पदयात्रा करती थीं। इस दौरान माँ धर्मशाला में विश्राम लेती थीं ताकि और भक्तगण उनके साथ वहाँ ठहर सकें।

शादी के बाद मैं अपने पति के साथ त्रिनिदाद और टोबैगो में बस गई। इसके बाद माँ के साथ मेरा संपर्क कभी-कभार के फोन कॉल तक सीमित रह गया क्योंकि मैं खुद उन्हें परेशान नहीं करना चाहती थी। वे भी इसे बढ़ावा नहीं देती थीं क्योंकि वे मुझे अपनी नई जिंदगी के साथ तालमेल बैठाने का मौका देना चाहती थीं। भारत के अपने सालाना दौरे पर मैं उनसे मिलना नहीं भूलती। मैं हमेशा खुद को माँ के उतना ही करीब पाती और उनके प्यार की गरमाहट में कभी कोई कमी नहीं आई। मेरे मन में एक सुरक्षा का बोध था कि माँ मेरे साथ हैं, बस जरूरत पड़ने पर एक फोन करने की देरी है और उनका ज्ञान मुझे मार्गदर्शन देगा।

शादी के पहले साल में मैं भी दूसरी नवब्याहताओं की तरह अपने पति को बेहतर तरीके से समझने में लगी रही। मैं नौ साल की उम्र से ही हर सोमवार को उपवास रखती थी जिससे मुझे अच्छा महसूस होता था। अब यह मेरे जीवन का हिस्सा बन गया था। उस दिन मैं बस एक बार शाम को पाँच

बजे अन्न खाती थी। मेरे पति को मेरा उपवास पर रहना पसंद नहीं था। उन्हें लगता था कि मैं अपने साथ ज्यादती कर रही हूँ। खाने पर अकेले बैठना भी उन्हें पसंद नहीं था। हर सोमवार को मुझे उनकी असहजता का अंदाजा हो जाता था। साल भर बाद जब मैं भारत आई, तो मैंने माँ से इस बारे में उनकी राय पूछी और उन्हें बताया कि शिवभक्त होने के नाते मुझे उनके लिए व्रत रखना अच्छा लगता है। मैं दुविधा में थी।

माँ ने बड़े धैर्य के साथ समझाया, ''बेटे, अपने ईश्वर को खुश रखने के लिए अपने पति को नाखुश रखने का कोई मतलब नहीं है। शिव तो भगवान हैं, अंतर्यामी हैं लेकिन तुम्हारा पति तो एक मनुष्य है। ऐसा नहीं है कि तुम्हारे उपवास पर रहने से शिवजी का तुमसे लगाव कम या ज्यादा हो जाएगा। उन्हें तो तुम्हारे सच्चे दिल और सदिच्छा से मतलब है। तुम भगवान शिव की भक्ति वैसे भी जारी रख सकती हो, लेकिन अपने पति के साथ भोजन कर के पहले उन्हें खुश रखो ताकि तुम्हारे वैवाहिक जीवन में चैन बना रहे।''

तब मैंने महसूस किया कि अगर उपवास रखने से मनमुटाव हो रहा है तो ज्यादा शांतिपूर्ण जीवन के लिए उपवास रखना सही विकल्प नहीं है। मैंने कुछ साल तक उपवास करना छोड़ दिया। सुधीर इस बदलाव को देखकर सुखद विस्मय में थे, लेकिन बाद में जाकर उन्होंने उपवास रखने की मेरी चाहत को समझा और उसे खुशी से स्वीकारा।

1992 में मैंने अपनी पहली बच्ची स्तुति को खो दिया। इस घटना से हम टूट गए थे। स्तुति को कुछ जन्मजात दिक्कतें थीं और उसका इलाज न्यूयॉर्क के माउंट सिनाइ अस्पताल में हो रहा था। मेरी गर्भावस्था के शुरुआती तीन महीने में ही उसे रुबेला हो गया था, जिसे जर्मन मीज़ल्स भी कहते हैं। वह जब पैदा हुई, तो उसका असर उसकी आंखों पर आया जिससे उसे ग्लूकोमा हो गया और कुछ दूसरी दिक्कतें भी थीं। हमारे पास

इसके इलाज के लिए पैसे नहीं थे। इसमें सैकड़ों हजार अमेरिकी डॉलर लगते। वो तो अस्पताल ने इसे अपने शोध का विषय बना लिया जिसके चलते सारी लागत उनके जिम्मे आ गई। डॉक्टर इस बात से हैरान थे कि तीन लंबे-लंबे ऑपरेशन के बाद भी एक नवजात कैसे जिंदा बचा हुआ है। स्तुति ने ही मुझे लड़ना सिखाया और यह भी कि जिंदगी जो भी दे, उसे स्वीकार कर लेना चाहिए। अस्पताल में अपने बच्चे और तमाम दूसरे बच्चों को इतनी पीड़ा से गुजरता हुआ देखकर मेरे भीतर की करुणा और विनम्रता और ज्यादा बढ़ गई। जाहिर है, उस वक्त मैं इस तरह खुद को नहीं देख पा रही थी। उस वक्त तो मुझे बहुत दर्द हो रहा था और मेरा दिल टूट गया था। स्तुति जिंदगी से छह माह तक लड़ती रही थी।

हमारी दूसरी बेटी स्नेहा इसके दो साल बाद जन्मी, लेकिन वह भी केवल दो हफ्ते जिंदा रह सकी। मैं तो बिलकुल सदमे में थी और मान ही नहीं पा रही थी कि मेरे साथ ऐसा भी हो सकता है, जबकि तमाम डॉक्टरी नतीजे ठीक उलटी बात कह रहे थे।

माँ हमेशा कहा करती थीं, ''श्याम बाबा हालात को समझने और स्वीकार करने में तुम्हारी मदद करेंगे। चमत्कार बेशक होते हैं, इसके बावजूद अपना सबक तुम्हें खुद लेना होगा। हमें अपना कर्म तो करना ही है। अपने सबक तो याद करने ही होंगे ताकि हम एक बेहतर मनुष्य के रूप में विकसित हो सकें।''

उस मोड़ पर तो इन शब्दों को स्वीकार कर पाना मेरे वश में नहीं था। इन बातों को पूरी तरह समझने में मुझे लंबा वक्त लगा।

उस वक्त माँ ने करुणा भरे शब्दों में कहा था, ''नीचे नहीं जाओगी तो वापस ऊपर कैसे आओगी? तुम्हें अगर गुलाब चाहिए, तो उसके साथ आने वाले काँटे भी अपनाने ही होंगे।''

हमारे आंगन में 1994 में एक खूबसूरत वरदान की तरह

अंगना आई। उसने हमारी जिंदगी में खुशियाँ और उत्साह भर दिए। वह कभी भी रोती नहीं थी। हमेशा खेलती रहती थी। मैं मानती हूँ कि उसका आना हमारे आँसुओं को हँसी में बदलने के लिए ही था।

आयुष 1997 में हमारी जिंदगी में आशीर्वाद बन कर आया और इसके साथ हमारा परिवार भरा-पूरा हो गया। हमने उसके लिए जो नाम चुना, वह उस पर पूरी तरह खरा उतरता है। आयुष का मतलब है वरदान। उसने हमारे परिवार में एक नया आयाम जोड़ने का काम किया।

बाद में माँ ने मुझे बताया, ''तुम्हें अंगना और आयुष से ही सुख मिलना हमेशा से तय था।''

मैंने उनसे पूछा, ''फिर मुझे अपने पहले दो बच्चों की तकलीफों का दर्द क्यों भोगना पड़ा और उन्हें खोना क्यों पड़ा?''

माँ ने धैर्य के साथ समझाया, ''क्या तुम लिखवा कर लाई हो कि जिंदगी में सिर्फ अच्छे दिन ही देखोगी? अगर जीवन में कठिन घड़ी न आए, तो अच्छी घड़ी की अहमियत को तुम कैसे समझ सकोगी? भगवान राम तक को चौदह साल के वनवास पर जाना पड़ा था। जब भगवान होकर उन्होंने कष्ट झेला, तो इंसान होकर हम कैसे कष्ट से मुक्त रहने की उम्मीद कर सकते हैं?''

मुझे लगा कि मेरी शुरुआती दो बच्चियाँ मुझे करुणा, समर्पण और स्वीकार्यता के सबक देने के लिए ही आई थीं।

मैं 2004 की शुरुआत में जब माँ के पास आई थी तब मैंने उनसे जिक्र किया था कि मैं गरीब बच्चों को पढ़ाकर उनकी मदद करना चाहती हूँ। माँ को यह बात बहुत अच्छी लगी थी और उन्होंने मेरे इस सरोकार को अपना आशीर्वाद दिया था।

हमने कलकत्ता के पास दो गांवों में दो प्री-स्कूल 2005 में खोले। यहाँ दो से छह साल तक के गरीब बच्चों की देखभाल की जाती है। दोनों स्कूलों में औसतन पचास से साठ बच्चे हैं। यहाँ वे पढ़ना, लिखना, एक-दूसरे के साथ मिल-जुलकर रहना,

चित्र बनाना, नाचना-गाना और साफ-सफाई के बुनियादी काम सीखते हैं। उन्हें यहाँ खाने को स्वस्थ भोजन मिलता है। छह साल का होते-होते वे स्कूल में जाने के लायक बना दिए जाते हैं। हमारे कुछ बच्चों को कलकत्ता के अंग्रेजी माध्यम के निजी स्कूलों में भी दाखिला मिला है। हमारे पास प्रशिक्षित अध्यापक हैं और समर्पित सामाजिक कार्यकर्ता हैं जो बच्चों की देखभाल करते हैं। मेरे ससुर इन दोनों स्कूलों को चलाने में हमारी मदद करते हैं।

हमने दिल्ली में 2011 में एक डे-केयर सेंटर भी खोला है जहाँ गरीब तबके से आने वाले विकलांग बच्चों की देखभाल की जाती है। यहाँ पाँच से पचीस साल तक की उम्र के बीच करीब अस्सी बच्चे हैं। इनमें कोई सुन नहीं सकता, कोई चल नहीं सकता, कोई बोल नहीं सकता तो कोई दूसरी शारीरिक-मानसिक विकलांगताओं से जूझ रहा है।

यहाँ हमारे पास प्रशिक्षित शिक्षक हैं, फिजियोथेरपिस्ट हैं, संगीत और कलाओं के अध्यापक हैं जो इन बच्चों को रचनात्मक शिक्षा देते हैं। यहाँ इन्हें दिन में स्वस्थ भोजन मिलता है। इन बच्चों को सवेरे हमारी एक प्राइवेट बस इनके घर से इकट्ठा कर के यहाँ ले आती है और शाम को छह बजे वापस घर छोड़ जाती है। इस बस में बच्चों की मदद करने के लिए एक महिला केयरटेकर और कुछ स्थायी कर्मचारी होते हैं। ये बच्चे स्कूली प्रतियोगिताओं में भी हिस्सा लेते हैं और इनके काम को जब सराहना मिलती है तो इनका हौसला बढ़ता है।

मैंने और सुधीर ने मिलकर एक चैरिटेबल संस्था शुरू की है जिसका नाम माहेश्वरी फाउंडेशन है। इसके माध्यम से अब तक कुल 800 बच्चों को अलग-अलग तरीके से लाभ पहुँचा है। इन वर्षों में हमें काफी कुछ सीखने को मिला है। इन बच्चों ने मुझे सिखाया है कि जिंदगी कैसे जिएँ और उसका सम्मान कैसे करें। हम इन बच्चों को अपने पैरों पर खड़ा होने में मदद

करते हैं ताकि वे हकीकत की दुनिया में दूसरों के साथ कंधे से कंधा मिलाकर चल सकें।

अपने सफर में इन तमाम तजुर्बों से मैंने यही सीखा है कि मेरे पास जो कुछ है, उसका मुझे सम्मान करना चाहिए और जिंदगी में जो कुछ भी घट रहा है उसे नियंत्रित करने की कोशिश नहीं करनी चाहिए। मैंने यह जाना है कि जिंदगी जैसी होनी चाहिए, वह दरअसल वैसी ही है। जिंदगी खूबसूरत है। इसमें हर बात की कोई न कोई वजह है। अगर हम इसे गले लगाना सीख गए, तो हमारे भीतर अमन-चैन बना रहेगा। यही हमारी यात्रा है, यही हमारा संघर्ष है और यही नियति भी।

जिंदगी को सहज ढंग से जियो और उदारता से मानवता की सेवा करो।

–माँ

ग्यारहवां अध्याय

शशि का कैंसर और
माँ की सेहत पर असर

माँ की सबसे बड़ी बेटी को 1998 में कैंसर निकला, लेकिन उन्होंने अठारह महीने तक इसे छुपाए रखा और परिवार को इसकी जानकारी तब दी जब उन्हें बहुत तेज बुखार हो गया। शशि अनजाने डर के चलते इसका इलाज नहीं करवाना चाहती थीं। वे बस घर पर रहकर अपनी घरेलू जिम्मेदारियाँ निभाते रहना चाहती थीं।

माँ को जब कैंसर का पता चला तो वे शशि को इलाज के लिए लेकर गईं। उस वक्त तक शशि कैंसर के आखिरी चरण में थीं और दिल्ली के डॉक्टरों की आम राय यही थी कि अब सर्जरी न करवाई जाए क्योंकि उनके मुताबिक अब जीने की कोई उम्मीद नहीं बची थी। माँ अपनी बेटी की हालत देखकर टूट गई थीं। उन्हें कोई अंदाजा नहीं था कि अपने सामने अपनी

जवान बेटी की मौत का सामना वे कैसे करेंगी, सो उन्होंने श्याम बाबा से गुहार लगाई। उन्होंने बाबा से उसके जीवन की भीख माँगी और कहा कि उसके सारे कष्ट वे खुद अपने ऊपर लेने को तैयार हैं।

दिल्ली के सारे अस्पतालों ने जवाब दे दिया था। कहीं कोई उम्मीद नहीं बची थी। बाबा ने माँ से शशि को रोहतक लेकर जाने को कहा। रोहतक एक छोटा-सा शहर है जहाँ कुछ बुनियादी सुविधाएँ हैं। शशि के साथ उसके परिवार को लेकर माँ रोहतक चली गईं जहाँ के डॉक्टरों ने जुलाई 2001 में सर्जरी करने का फैसला लिया। सब काम बड़ी आसानी से होते चले गए। अस्पताल में श्याम बाबा के एक भक्त भी थे। उन्होंने सारे काम में बहुत मदद की।

माँ ने शशि के कष्ट अपने ऊपर ले लिए। जिस वक्त शशि का ऑपरेशन हो रहा था, तकरीबन उसी वक्त माँ को ब्रेन हैमरेज हुआ था। इसके बावजूद शशि को अस्पताल में देखने माँ नियमित तौर से जाती रहीं और लगातार उनके जल्दी ठीक होने की प्रार्थना करती रहीं। ब्रेन हैमरेज के कारण माँ की याद्दाश्त जाने लगी और वे ज्यादा आराम करने लगीं। स्वास्थ्य खराब रहने के कारण उनमें बाबा की सवारी आना बंद कर दिया क्योंकि वे एकाग्रता नहीं बना पाती थीं, हालाँकि अपने पोते-पोतियों और भक्तों से साथ पूजा में वे जरूर बैठती थीं।

इन सब कठिनाइयों के बावजूद माँ की जिद थी कि शशि उनके साथ ही रहे। शशि के कीमोथेरपी सत्रों के दौरान वे बिलकुल एक माँ की तरह उनका सारा खयाल रखती थीं। उन्होंने छह महीने तक शशि की देखभाल की। उसे लगातार वे खाना खिलाती रहीं जिससे शशि के टेस्ट बड (स्वाद की पहचान कराने वाली ग्रंथियाँ) वापस पुरानी स्थिति में आ गईं और शशि की सेहत सुधरने लगी। ठीक इसी दौरान माँ का सीटी स्कैन टेस्ट भी सामान्य आया।

आठ महीने बाद माँ पूरी तरह ठीक हो गईं, तब फिर से बाबा की सवारी उन पर आने लगी।

मेरी शादी को 1999 में नौ साल पूरे हो चुके थे। अपने पति की नौकरी के चक्कर में हम तब तक त्रिनिदाद से पहले जर्मनी के हैम्बर्ग, फिर डसेलडॉर्फ और बाद में लग्जमबर्ग आ गए। मेरे पति लगातार यात्रा में रहते थे। मैं अब तक इस बात को लेकर चिंतित थी कि आखिर उनके और अपने दोनों बच्चों अंगना (करीब पाँच साल की) व आयुष (दो साल का) के साथ हम लोग कहां जाकर बसेंगे। कब, कहाँ निकलना पड़ जाए, कुछ पता नहीं होता था। मैं आगे कोई और पढ़ाई भी करने की स्थिति में नहीं थी और मेरे पास वर्क परमिट (नौकरी करने का परमिट) भी नहीं था। मैं अपनी इस स्थिति से काफी हताश होती जा रही थी कि मेरे पास कुछ खास करने को नहीं है। हर बार जब हम किसी नई जगह पर जाते, मुझे अपने बच्चों के लिए नए दोस्त खोजने पड़ते, सही स्कूलों की तलाश करनी पड़ती और पूरा जीवन नए सिरे से शुरू करना पड़ता था। इसके अलावा स्थानीय भाषा और संस्कृति के साथ भी मुझे तालमेल बैठाने की जरूरत पड़ती थी। बार-बार इतना घूमने के कारण जल्द ही किसी नए देश में जाने की मेरी इच्छा समाप्त हो गई। मैं किसी अंग्रेजी बोलने वाले देश में बस जाना चाहती थी या फिर भारत लौट जाना चाहती थी ताकि कुछ स्थिरता आए और अपने बच्चों को मैं पढ़ा सकूँ। इसी के चलते पति से भी मेरे रिश्तों में कुछ तनाव आ गया। सारा मामला मेरे पति और उनके करियर के इर्द-गिर्द आकर सिमट गया था।

मैंने सुधीर से पूछा कि क्या हम लंदन जाकर बस सकते हैं जहाँ अंग्रेजी बोली जाती है और जहाँ हमारा बसना भी आसान

हो जाएगा। उन्होंने सीधा जवाब दिया कि लंदन जाने की कोई गुंजाइश ही नहीं है।

इसके बाद मैंने फैसला किया कि मुझे अपने बच्चों को लेकर वापस भारत आना है। मैंने दिल्ली में एक मकान बनाने के लिए एक आर्किटेक्ट से नक्शा बनवाया और अपने बच्चों का नाम वहाँ के एक अच्छे स्कूल में लिखवाया। फिर मैंने सोचा कि माँ को फोन कर के उनका आशीर्वाद ले लिया जाए।

मुझे लगा था कि माँ खुशी-खुशी मुझे आशीर्वाद देंगी और उनके करीब रहने का आनंद अलग ही होगा, लेकिन ऐसा नहीं हुआ।

माँ ने कहा, ''अगर तुम वापस आईं तो साल भर के भीतर तुम्हें वापस जाना पड़ेगा। तुम्हारा भारत में बसने का योग नहीं है।''

मैंने अपनी ऊहापोह उनके सामने रखी कि लग्जमबर्ग में दोस्त बनाकर वहाँ बसने की मेरी कोई इच्छा नहीं है। मैं जगह बदलते-बदलते अब थक चुकी हूँ और अब अकेला महसूस कर रही हूँ।

माँ ने कहा, ''अभी सुधीर का वक्त है। वो ये सब तुम्हारे लिए ही तो कर रहा है।''

''मेरा वक्त कब आएगा, माँ?''

''आएगा, जरूर आएगा'', उन्होंने मुझे ढाँढ़स बंधाया।

मैं माँ से आग्रह कर रही थी कि मुझे वापस भारत आना है और माँ को लग रहा था कि मुझे धैर्य रखना जरूरी है।

उन्होंने कहा, ''तुम समझ क्यों नहीं रही? अगर तुम लौट आईं तो यहाँ स्थिर नहीं हो पाओगी, उलटे अपने पति और बच्चों के बीच में पिस जाओगी।''

''इस मोड़ पर तुम्हारे बच्चे भारत में बस नहीं पाएँगे।''

पहली बार मैंने उनकी बात पर आग्रह किया और उन्होंने आखिरी बार 'नहीं' कहते हुए फोन रख दिया।

मैंने मन ही मन में सोचा कि मैंने माँ को शायद नाराज कर

दिया। मुझे बहुत अफ़सोस हुआ और दोबारा उन्हें संकोच के मारे मैंने फोन नहीं किया। मैंने सोचा कि अगली बार भारत चलकर उनके सामने बैठकर ही उनसे माफी माँग लूँगी।

अब मुझे इस बात का अहसास है कि मैं अधीर हो गई थी। आखिर मैंने ही तो कभी इच्छा पाली थी कि मेरी शादी किसी ऐसे शख्स से हो जो मुझे दुनिया दिखाए। मेरे लिए यहाँ एक सबक भी था- आप जो इच्छा पालें उसे लेकर सतर्क रहें। आदर्श संतुलन नाम की कोई चीज दरअसल होती नहीं है। खुद हमें ही चीजों के बीच संतुलन बैठाना होता है, उसकी तलाश करनी होती है। पीछे मुड़ कर देखती हूँ तो आज कह सकती हूँ कि मेरी जिंदगी वैसी ही थी, जैसी उसे होना था।

तीन महीने बाद दिसंबर की छुट्टियों में मैं भारत आई और 1 जनवरी 2000 को मैं माँ से मिली।

मुझे दूर से देखते ही उन्होंने मुस्कराते हुए कहा, ''तुम लंदन जा रही हो।''

मेरी दिलचस्पी फिलहाल और किसी चीज में नहीं थी सिवाय इसके कि वे मुझे माफ कर दें।

मैं उनके करीब आकर बैठ गई और मैंने कहा, ''माँ, मुझे माफ कर दीजिए।''

वे मुस्करा कर बोलीं, ''परेशान न हो।''

मैंने पूछा कि क्या वे मुझसे अब भी नाराज हैं।

''क्या तुम अपनी बेटी अंगना से कभी नाराज हो सकती हो? नहीं न! फिर मैं कैसे तुमसे नाराज़ हो सकती हूँ?''

उनकी सादगी और प्यार भरी मुस्कान ने मेरी भावनाओं को उभार दिया और मेरी आँखों से आँसू झरने लगे।

''माँ, प्लीज़, कभी मुझे छोड़कर मत जाइएगा। मैं आपसे कभी बहस नहीं करूँगी। मुझे माफ कर दीजिए।''

उन्होंने अपना हाथ मेरे सिर पर रख दिया।

उन्होंने दुहराया, ''छह महीने में तुम लंदन जा रही हो।''

जितना सुधीर को उस वक्त तक पता था, उसके हिसाब से तो इसकी कोई गुंजाइश नहीं थी।

आश्चर्यजनक तरीके से हुआ ये कि मार्च में सुधीर के बॉस लग्जमबर्ग आए और उन्होंने उनसे लंदन जाने को कह दिया। माँ ने वैसे तो पहले ही यह बता दिया था, फिर भी मेरे लिए यह खबर आश्चर्य से कम नहीं थी। हमें बताया गया कि हमें स्थायी रूप से लंदन में ही रहना है। हम लोग लंदन में ही रहेंगे जबकि सुधीर अपने काम से यात्राएँ करते रहेंगे। सब कुछ कितनी तेजी से हुआ था।

हम दुनिया भर में घूम चुके थे, लेकिन कहीं ठहरने का चूंकि तय नहीं था इसलिए हमने कहीं मकान नहीं बनवाया था बल्कि किराये पर रहते थे। मैंने अपने पति से कहा कि हमें घूमते-घूमते अब दस साल हो रहे हैं, इसलिए अब मैं अपना एक मकान लेना चाहती हूँ।

हम लोग मकान और बच्चों के लिए स्कूल की तलाश में लंदन गए। वहाँ हमें काफी अच्छे स्कूल मिले जो अंगना को सीधे दाखिला देने को भी तैयार थे।

सुधीर को लगा कि लग्जमबर्ग में रहते हुए अगले चार हफ्तों के भीतर ही लंदन में मकान खरीदने की मैं जो उम्मीद कर रही हूँ, वह कुछ ज्यादा ही महत्वाकांक्षी योजना है। लगातार दो हफ्ते हर शनिवार और इतवार के दिन हम उड़कर लंदन गए और वहाँ हमने मकान खोजा। तीसरे हफ्ते में मकान तय हो गया।

जुलाई 2000 में मेरे जन्मदिन पर हम लोग वर्क परमिट पर आधिकारिक रूप से लंदन चले आए। उसी दिन मुझे जन्मदिन के तोहफे के रूप में नए मकान की चाबी लंदन में सौंपी गई। ये सब माँ के बताने के ठीक छह महीने के भीतर हो गया।

मुझे अब भी लंदन की बचपन से जुड़ी छवियाँ याद हैं जब हम सब गनर्सबरी पार्क के करीब रहते थे। ऐसा लग रहा था कि समय खुद को दुहरा रहा है। मेरे माता-पिता यहाँ जब

भी आए, वे मेरे बच्चों को उन जगहों पर ले गए जहाँ वे मुझे और मेरे भाई को लेकर जाते थे जब मैं तीन साल की थी।

साल भर के भीतर ही मेरे दोनों बच्चे प्रवेश परीक्षा पास कर के लंदन के बेहतरीन स्कूलों में चले गए। मेरे दोस्तों का हालाँकि कहना था कि यहाँ उनके लिए दूसरे बच्चों के साथ होड़ कर पाना मुश्किल होगा क्योंकि यूरोप की उनकी शिक्षा प्रणाली दूसरी थी।

यह सब लिखते वक्त मुझे याद आता है कि कैसे हमारे रिश्तों में एक वक्त तनाव हो गया था, जबकि सच्चाई यह थी कि जो कुछ भी घट रहा था, वह सब मुझे लंदन लाने की दिशा में ही तो था। जिंदगी को दूर से देखिए तो वह हसीन लगती है। हमें दर्द तब होता है जब हम चीजों के नतीजे अपनी चाहत के हिसाब से निकालने की कोशिश में लग जाते हैं जिसके चलते चीजों के आर-पार नहीं देख पाते।

यहाँ बसने के बाद मेरे दिमाग में एक कारोबारी आइडिया आया। मैंने 2001 में अपना कारोबार शुरू कर दिया। मेरी एक करीबी सहेली है झंखना। उसके साथ मिलकर मैंने एक आईटी प्रशिक्षण केंद्र खोल लिया। मैं इस काम में बहुत व्यस्त हो गई। तब जाकर मुझे अहसास हुआ कि मेरा वक्त अब आया है, जैसा कि माँ ने बहुत पहले भविष्यवाणी की थी। हमने तीन साल तक इस केंद्र को चलाया। जब हमने इसे बेचा, उस वक्त इसमें 450 से ज्यादा छात्र पढ़ रहे थे।

उसी दौरान 2002 में मेरे ससुर को थोरेसिक एऑर्टिक एन्यूरिज्म (नाड़ी की एक गंभीर बीमारी) हो गया। सुधीर बहुत परेशान थे क्योंकि यह एक जानलेवा बीमारी थी जिसका इलाज बहुत मुश्किल था। काफी विचार-विमर्श और शोध के बाद यह तय किया गया कि उन्हें सर्जरी के लिए लंदन ले आया जाए। उनकी हालत बहुत गंभीर थी और अपने आप में अजीब भी थी। कहा जा रहा था कि उनका जो ऑपरेशन होना है वह ओपेन

हार्ट सर्जरी के मुकाबले बीस गुना ज्यादा जटिल है। इसके दौरान मौत या फालिज का खतरा होता है क्योंकि सर्जरी के बीच में ही खून का प्रवाह बंद हो जाता है।

मैं बहुत घबराई हुई थी। सर्जरी के लिए घर से निकलते वक्त उन्होंने मुझसे कहा था कि अगर उन्हें कुछ हो गया तो उनके सारे अंग दान कर दिए जाएँ। पूरी दुनिया से हमारे रिश्तेदार उनकी मदद को चले आए थे। कमरे में तनाव फैला हुआ था और माहौल बहुत संजीदा था।

सर्जरी के दिन अस्पताल जाते वक्त रास्ते से ही मैंने अपनी घबराहट में माँ को फोन लगा दिया। मैंने उन्हें सारी स्थिति बताई।

''घबराओ मत, सर्जरी बिलकुल ठीक होगी और वे तुम्हारे घर में ही दुरुस्त हो जाएँगे।''

सुधीर गाड़ी चला रहे थे और हमारी बातचीत सुन रहे थे। उन्होंने हाँ में सिर हिलाया। माँ बोलीं, ''तुम्हारे ससुर को जब सर्जरी के लिए भीतर ले जाया जा रहा हो, तो 101 रुपए लेकर उनके ऊपर से वारना और उनकी सलामती का आशीर्वाद माँगना। फिर इस पैसे को अपने घर के मंदिर में श्याम बाबा की तस्वीर के आगे रख देना। बाबा सब संभाल लेंगे और सब ठीक हो जाएगा।''

उनका ऑपरेशन ऑक्सफोर्ड के जॉन रैडक्लिफ अस्पताल में दुनिया के एक मशहूर सर्जन ने किया। सर्जरी पूरे आठ घंटे तक चली जिसके दौरान मेरे ससुर का फेफड़ा बाहर निकाला गया और महाधमनी को पाने के लिए उसे पूरी तरह निचोड़ दिया गया। फिर उसमें नई धमनी लगाई गई। मेरे ससुर जब होश में आए तो डॉक्टर ने उन्हें बताया, ''आप बहुत खुशकिस्मत हैं। आपका जिंदा होना एक चमत्कार है।''

उनकी महाधमनी फूलकर दस मिलीमीटर चौड़ी हो गई थी जबकि तीन मिलीमीटर से चौड़ी धमनी को ही खतरनाक माना जाता है। इस सर्जरी को रिकॉर्ड किया गया और बाद में बीबीसी

लंदन टेलीविजन पर डॉक्टरों के चमत्कारों से जुड़े एक कार्यक्रम ''योर लाइफ इन अवर हैंड्स'' में प्रसारित भी किया गया।

सर्जरी के दो महीने के भीतर ही मेरे ससुर हमारे लंदन वाले घर में ठीक हो गए। वे अब सामान्य जिंदगी जी रहे हैं। वे अपने पेशेवर करियर के साथ-साथ धर्मार्थ काम भी करते रहे। हाल ही में वे रिटायर हुए हैं और आज भी उनकी सेहत बहुत अच्छी है।

तुम्हें जितनी भी कृपा मिले,
उसे अपने भीतर पूरी कृतज्ञता के साथ भर लो

–माँ

बारहवां अध्याय

माँ एक दादी के रूप में

माँ की बड़ी इच्छा थी कि मीनू की शादी हो जाए ताकि यह जिम्मेदारी भी अपने सामने वे ठीक से निभा लें।

मीनू की मम्मी संतोष जब गर्भवती थीं और मीनू व उसकी जुड़वाँ बहन का जन्म होने वाला था, उस वक्त संतोष की बचपन की सबसे अच्छी सहेली लक्ष्मी का बेटा विकास दो साल का हो चुका था। दोनों सहेलियों ने वादा किया था कि अगर संतोष को लड़की होती है तो वे अपने बच्चों की शादी कर देंगी। संतोष ने इस बारे में माँ को पहले बताया भी था। मीनू के जन्म लेने के 11 दिन बाद संतोष भले ही गुजर गईं, लेकिन उनकी सबसे अच्छी दोस्त लक्ष्मी ने अपनी जबान रखी।

लक्ष्मी खुद माँ की भक्त थीं और उड़ीसा में सालाना कीर्तन में जाती थी। सन् 2000 में लक्ष्मी को सपना आया जिसमें संतोष से किया वादा उन्हें दोबारा याद आया। इसके बाद लक्ष्मी माँ के पास कीर्तन में मिलने गईं और सारी कहानी उन्हें बता दी।

माँ ने मीनू को बताया कि वे उसके लिए लड़का खोज चुकी हैं और उसे उससे मिल लेना चाहिए।

माँ में जब बाबा की सवारी आई, तो मीनू ने कहा, ''इस लड़के को मैं नहीं जानती इसलिए उससे मिलने आपको मेरे साथ चलना होगा।''

बाबा बोले, ''ठीक है, मैं तुम्हारे साथ चलूंगा और वह तुम्हें पसंद भी आएगा।''

नवंबर 2013 में मीनू को साथ लेकर माँ कलकत्ते में एक शादी में गईं जहाँ विकास से मुलाकात हुई। बाद में माँ ने लक्ष्मी को फोन करके बताया कि बच्चों ने एक-दूसरे को पसंद कर लिया है। लक्ष्मी अब तक मीनू से नहीं मिल सकी थीं, फिर भी उन्होंने माँ से कहा कि वे उन दोनों की जोड़ी को अपना आशीर्वाद दें। अगले ही दिन बच्चों की सगाई हो गई और माँ ने विकास को सोने का एक सिक्का थमाते हुए युगल को आशीर्वाद दिया। माँ बहुत प्रसन्न थीं।

बात 14 दिसंबर 2004 की है। दोपहर का वक्त था और मैंने आयुष के कुछ दोस्तों की मम्मियों को दोपहर के खाने पर बुलाया था। वे अलग-अलग देशों की महिलाएँ थीं, लेकिन मैंने उनके लिए भारतीय पकवान तैयार किए थे। मुझे हमेशा ही लोगों को न्योता देना अच्छा लगता था। सब आए और सभी ने भारतीय खाने और मेरे घर में रखे भारतीय सामान की तारीफ की। सब जगह प्रसन्नता का माहौल था और हम सब आराम से हँस कर बातें कर रहे थे।

अचानक फोन बजा और मैंने पहले जैसे उत्साह में रिसीवर को उठाया। दूसरी तरफ मेरी मम्मी की धीमी आवाज थी।

वे बोलीं, ''संगीता बेटा, एक बुरी खबर है।''

मुझे इतना तो पता था कि यह खबर मेरे पापा के बारे में नहीं हो सकती वर्ना मेरी मम्मी फोन करने की स्थिति में ही नहीं होतीं।

''माँ नहीं रहीं।''

मैं यह सुनते ही सदमे से बिल्कुल जम गई और मेरे दिमाग ने काम करना बंद कर दिया।

मैंने अविश्वास में चीखते हुए कहा, ''क्या! ये आप क्या कह रही हैं? ये नहीं हो सकता।''

मैं ऊपर अपने कमरे में कॉर्डलेस फोन लिए भागकर गई। मेरे दोस्त नीचे बैठक में ही छूट गए।

मैं कमरे की खिड़की तक पहुँची और मैंने पूछा, ''आखिर ये हुआ कैसे?''

''सब कुछ बहुत अचानक हुआ। हम लोग अभी-अभी उनकी अंत्येष्टि से आ रहे हैं। वे कल रात ही गुजर गई थीं।''

''तो आपने मुझे तुरंत क्यों नहीं बताया?'' ये शिकायत करते हुए मेरी आँखों में आँसू आ गए।

''हम लोग खुद उनके अंतिम संस्कार में भागते-भागते पहुँचे थे और वैसे भी तुम जानकर क्या कर लेतीं?''

''बात ये नहीं है कि मैं क्या कर लेती। मुझे तुरंत इसका पता तो चलना ही चाहिए था। मुझे उनके अंतिम संस्कार में उन्हें प्रणाम करने जाना था।''

''हमें खुद उनकी अंत्येष्टि से पहले ही इसकी सूचना मिली।''

मुझे बहुत गुस्सा आ रहा था कि उन्होंने मुझे पहले नहीं बताया। अगर पता होता, तो मैं किसी न किसी तरह अंत्येष्टि में वक्त पर पहुँच ही जाती। मुझे लग रहा था कि माँ की सबसे करीबी लोगों में मैं एक थी और फिर भी उनकी अंतिम यात्रा में नहीं जा सकी। मेरी मम्मी ने मुझे सांत्वना देने की कोशिश की।

''हम सब को उनकी कमी बहुत अखरेगी। कोई भी उनकी जगह नहीं ले सकता।''

मैं जोर-जोर से रोने लगी, तो मेरी मम्मी ने फोन मेरे पापा को दे दिया।

वे बोले, ''संगीता, खबर बहुत बुरी है, लेकिन तुम्हें खुद को संभालना होगा ताकि तुम अंगना और आयुष की देखभाल कर सको।'' मेरी बहुत तेज से चीखने की इच्छा कर रही थी। मैं खड़ी होकर आकाश की ओर देखने लगी। ऐसा लग रहा था कि मेरे पैरों के नीचे की धरती खिसक चुकी है और आकाश से भी अब कोई उम्मीद नहीं। मेरे लिए सबसे बड़ा सवाल इस वक्त यह था कि अब मैं कैसे जिऊंगी।

मैं दो बच्चों की माँ थी, बहुत आजाद जीवन जी रही थी, अलग-अलग देशों में घूमकर दोस्त बना रही थी, भाषा और संस्कृति के बंधनों को तोड़ रही थी, इसके बावजूद इस वक्त मैं बिल्कुल निस्सहाय खड़ी थी। मैं एकदम बच्चे जैसा महसूस कर रही थी। माँ के साथ मेरा सफर तब शुरू हुआ था जब मैं केवल पाँच साल की थी। विश्वास ही नहीं हो रहा था कि अचानक यह सब कुछ एक झटके में खत्म हो चुका है।

थोड़ी देर बाद मैंने अपने पति को फोन लगाया। वे रोमानिया में थे। फोन पर मैं रोने लगी। मैं ठीक से बोल नहीं पा रही थी और हकला रही थी, लेकिन सुधीर को अंदाजा लग गया था।

रोते-रोते मेरे मुँह से बस इतना ही निकला, ''सु... सुधीर, माँ नहीं रहीं...।''

''हे भगवान, ये तो बहुत बुरा हुआ। मैं समझ सकता हूँ कि तुम पर क्या गुजर रही है।''

मैं सुबकते हुए बोली, ''अब मैं क्या करूँ?''

''मैं देखता हूँ और जल्दी से जल्दी तुम्हारे वहाँ जाने की व्यवस्था करता हूँ।''

मेरे घर में आए मेहमान अचानक आए फोन को लेकर बहुत चिंतित और हैरत में थे। कुछ लम्हों के लिए मैं उनके पास नीचे गई।

मैंने उनसे बहुत कुछ नहीं कहा। मेरी चुप्पी ही मेरा हाल बयां कर रही थी। मेरे दोस्तों ने आयुष को घर लाने में मदद के लिए कहा और मुझसे पूछा कि वे इस वक्त मेरे किस काम आ सकते हैं। मैं बस अकेले रहना चाहती थी। मुझे किसी ऐसे शख्स की उस वक्त जरूरत थी जो माँ को जानता हो ताकि उससे अपने दिल की सारी बातें कह सकूँ। माँ मेरे लिए भगवान की तरह थीं। मेरा ईश्वर मुझे छोड़कर आखिर कैसे जा सकता है? अनीता से फोन पर मैंने कई बार लंबी-लंबी बात की।

अपनी सारी बैठकें रद्द कर के सुधीर तुरंत लंदन चले आए। सुधीर का उस दौरान इंतजार करना मेरी जिंदगी का सबसे कठिन और सबसे लंबा क्षण था। मैं आशंका की लहरों पर सवार डूब-उतर रही थी।

जब हम किसी को इतना चाहते हैं और अपने दिशानिर्देशक की तरह उसके ज्ञान पर निर्भर होते हैं, उसकी ओर देखते हैं, तो हम मान कर चलते हैं कि वह शख्स हमारे जीते जी तो हमारे साथ ही बना रहेगा।

इस किताब को लिखते वक्त मैंने याद करने की कोशिश की कि उस भयावह फोन कॉल के आने से पहले मैं क्या कर रही थी। आज तक मेरी स्मृति से वह अध्याय ही गायब है। मुझे कुछ भी याद नहीं। अंगना याद कर के बताती है कि मैंने दोपहर के खाने पर लोगों को बुलाया था और आयुष को एक दोस्त की माँ ने यहाँ लाकर छोड़ा था। उसे सब कुछ साफ-साफ याद था क्योंकि उसने कभी भी मुझे इतना हताश नहीं देखा था। उस बदकिस्मत दोपहर जब मैं उसे लेने स्कूल गई थी तब मैंने उसे सब कुछ बता दिया था। उस दोपहर के बारे में मुझे कुल इतना भर याद है कि अपने माता-पिता, सुधीर और अनीता से फोन पर मेरी बात माँ के बारे में हुई थी। मुझे लगता है कि जब हम किसी भावनात्मक सदमे से गुजरते हैं, तो हमारा दिमाग अपने आप स्मृतियों को रोककर खुद को बचाता है।

सुधीर ने यहाँ पहुँचने से पहले ही मेरे लिए भारत की फ्लाइट बुक करवा ली थी। हम तुरंत हीथ्रो एयरपोर्ट के लिए निकल लिए। मैंने सुधीर, अंगना और आयुष को विदा कहा।

माँ के घर मैं 16 दिसंबर की सुबह यानी उनके गुजरने के तीसरे दिन पहुँची। वहाँ सन्नाटा पसरा हुआ था। सब कुछ स्थिर था। ऐसा लग रहा था कि माँ की ऊर्जा ने मुझे अपनी आगोश में ले लिया है। सनी और मीनू के साथ मैं मंदिर के सामने पूजा करने बैठ गई। ऐसा लग रहा था कि हम माँ के साथ ही पूजा कर रहे हैं, जैसा कि हमेशा होता आया था। मैंने जब अपनी आँखें बंद कीं तो मुझे उनकी मौजूदगी का अहसास हुआ। हम जब आरती गाने लगे तो उसमें माँ की भी आवाज शामिल थी। मैं जज्बाती होने के बजाय बहुत शांत थी। मुझे सब कुछ अब ठीक लग रहा था।

मैंने और अनीता ने एक-दूसरे को सांत्वना दी। उसके साथ होना सुखद था क्योंकि माँ के साथ हम दोनों ने भी एक सफर को साझा किया था।

सनी ने मुझे माँ की एक तस्वीर पकड़ाते हुए कहा, ''दीदी, माँ को अपने साथ ले जाओ।''

लंदन लौटने पर मैंने सुधीर को बताया कि माँ कहीं नहीं गई हैं, यहीं मेरे साथ में हैं।

वक्त बीतता गया। उनकी भौतिक मौजूदगी मुझे अखरती रही और उनसे बात न कर पाने का दुख मुझे सताता रहा। मुझे ऐसा लग रहा था कि आध्यात्मिक स्तर पर मैं खुद से ही कट गई हूँ। मैं माँ को खो चुकी थी और ऐसा लग रहा था जैसे मैंने अपना कोई अंग खो दिया है। वक्त के साथ यह कमी का अहसास और ज्यादा सघन होता गया। मैं अपने माता-पिता और अपने परिवार के सहारे जीने लगी।

जिसे बदल नहीं सकते, उसे स्वीकार कर लो।

—माँ

तेरहवां अध्याय

उनके आखिरी पल

11 दिसंबर 2004 को नीतू माँ से मिलने आई थी। उन्होंने नीतू को साड़ी, कुछ पैसे और मिठाइयाँ देते हुए सुखी रहने का आशीर्वाद दिया था। नीतू तो एक घंटे की दूरी पर ही रहती थी, इसलिए उनका ऐसा करना थोड़ा असामान्य था। ऐसा लग रहा था कि वे उससे विदाई ले रही हैं।

तीन दिन बाद माँ की तबियत बिगड़ गई। वे सनी से बोलीं, "अपनी पढ़ाई पूरी कर लेना वरना लोग कहेंगे कि माँ के पोते ने सिर्फ पूजा की है, पढ़ाई नहीं की है।"

सनी ने कहा, "दुनिया को जवाब देने के लिए आप हैं तो। जब आप मेरे साथ हों तो मुझे किस बात की चिंता?"

उन्होंने सबके साथ रात का खाना खाया और अनीता के लिए चाय बनाने को कहा जो उनसे मिलने खाने के बाद रात में आई थी।

वे लगातार बीमार महसूस कर रही थीं। सनी माँ के लिए

थोड़ा-सा शहद लेकर आया था जिसमें काली मिर्च मिली हुई
थी। उन्होंने उसे पीने की कोशिश की लेकिन उनके हाथ काँप
रहे थे। शहद गिर गया। सनी ने खुद अपने हाथों से माँ को
पिलाने की आज्ञा मांगी। माँ ने हां कहा और फिर सनी ने
अपने हाथों से शहद पिलाया और माँ ने उसे आशीर्वाद दिया।
बाद में उसे श्याम बाबा ने बताया कि उस वक्त माँ उसे गुरु
दीक्षा दे रही थीं।

माँ की तबियत बिगड़ती चली गई। सनी ने उन्हें देखने के
लिए सोमानी बुआ को बुला भेजा। वे भी माँ की तरह एक
आध्यात्मिक और सिद्ध आत्मा हैं और वे माँ के बहुत करीब थीं।

सोमानी बुआ कुछ ही मिनटों बाद श्यामजल, घी और विभूति
लेकर आ गईं। भीतर आते ही उनमें श्याम बाबा ने प्रवेश किया।

सोमानी बुआ माँ के पास आईं और उन्होंने आवाज़ दी, ''माँ!''

माँ ने उन्हें देखा। उन्हें ऐसा लगा कि वे सोमानी बुआ में
अपने ईश्वर, अपने श्याम बाबा को देख रही हों।

वे सोमानी बुआ की आँखों में देखकर बोलीं, ''मीनू''!

माँ की आखिरी जिम्मेदारी मीनू थी। वे उसकी शादी को
लेकर परेशान थीं। सोमानी बुआ की आँखों ने चुपचाप उन्हें
आश्वासन दिया कि मीनू का ध्यान रखा जाएगा। माँ को थोड़ी
राहत महसूस हुई। उसके बाद सोमानी बुआ ने माँ के मुंह में
तुरंत श्यामजल और विभूति डाल दी और उन्हें आराम देने के
लिए उनका सिर सहलाया।

फिर उन्होंने सनी से माँ के सिर पर एक हाथ रखने को
कहा। उस वक्त ऐसा लग रहा था कि माँ ने अपनी देह को
छोड़ने का मन बना लिया था। माँ ने बाबा से अनुरोध किया
था कि उनका दम बाबा के भक्त के हाथ में ही छूटे, अपने
बच्चों के हाथ में नहीं। जाने से पहले उन्होंने अपने पोते को
बाबा के भक्त का दरजा दे दिया था।

उनके आखिरी शब्द थे, ''हे राम! हे श्याम!''

❖

दिसंबर 2013 में मैं अपने बेटे आयुष के साथ खाटू में श्याम बाबा के मंदिर गई। वहाँ मैंने माँ के पोते सनी भैया से माँ की धर्मशाला में मिलने का तय किया था। मैं काफी कठिन दौर से गुजर चुकी थी और मैंने खुद से वादा किया था कि एक बार सब कुछ ठीक हो जाएगा तो मैं बाबा के दर्शन करने जाऊँगी। सनी भैया ने दर्शन की सारी व्यवस्था कर दी थी।

मंदिर में दर्शन के बाद हम लोग धर्मशाला में बैठकर चाय पी रहे थे। मैं पिछले साल के अपने संघर्षों के बारे में उन्हें बता रही थी। मैं आश्चर्य कर रही थी कि आखिर माँ ने अपनी तमाम चुनौतियों से कैसे संघर्ष किया रहा होगा। ऐसा कहते हुए मैं बहुत जज्बाती हो गई थी।

''माँ ने अपनी जिंदगी में इतने संघर्ष किए, लेकिन हमने उन्हें कभी भी हताश या परेशान नहीं देखा। वे अपने आसपास के सभी लोगों को हमेशा आश्वस्त करती रहीं। उन्होंने किसी से भी किसी भी किस्म की कोई अपेक्षा नहीं की और सबके लिए इतना कुछ किया। दूसरों को उन्होंने बहुत प्यार और राहत दी। सवाल उठता है कि आखिर कितने लोग ऐसे थे जिन्होंने उन्हें कुछ बदले में देने के बारे में वाकई सोचा होगा? सच्चाई यह थी कि कुछ लोगों ने तो उनका शुक्रिया तक नहीं कहा और जरूरत पड़ने पर वे लौट कर दोबारा चले आते थे, पर माँ को इस व्यवहार से कोई फर्क नहीं पड़ता था। वे हमेशा लोगों के प्रति उदार रहीं, वे चाहे कृतज्ञ रहे हों या नहीं।''

मैंने सुबकते हुए कहा, ''मैंने माँ के लिए कुछ नहीं किया।''

सब लोग नीचे देखने लगे और ऐसा लगा कि वे मेरे दिल को खुलने का मौका दे रहे हों।

अगर मेरे अच्छे कर्म और सदिच्छाओं को किसी ने नहीं पहचाना, तो मुझे निराश क्यों होना चाहिए? अगर किसी ने मेरा

मोल नहीं समझा, तो उसकी पीड़ा मैं क्यों भुगतूँ? मैं आखिर दूसरों को इतनी अहमियत देती ही क्यों हूँ कि वे मेरे बारे में कोई निर्णय ले सकें? आखिर मैंने खुद को क्यों नहीं पहचाना और अपना मोल क्यों नहीं समझा? ये सारी बातें माँ से आखिर मैं क्यों नहीं सीख पाई?

उन्होंने अपने कर्मों के उदाहरण से इन चीजों को कितने अच्छे तरीके से हमारे सामने रखा था। उन्होंने कभी किसी के द्वारा मान्यता दिए जाने की उम्मीद नहीं पाली, लेकिन समय के साथ मैं ही अपनी कहानी में इतना फँसती चली गई कि सांसारिक भ्रमों का शिकार हो गई। मैं अब लोगों की अपेक्षाओं और उनकी मान्यताओं से ऊपर उठकर माँ के नक्शे कदमों पर चलना चाहती हूँ'', मैंने रोते हुए सब कह डाला।

''नहीं दीदी, इस तरह मत सोचिए। आपने माँ के लिए और सबके लिए अपने भर का किया है'', सनी भैया ने ऐसा कहकर मुझे राहत दी।

मैंने ऊपर देखा और माँ व बाबा से बोली, ''मुझे मुक्त होने में मदद करिए। इस मोह-माया से मुझे छुटकारा दिलाएँ। मैं इस भ्रम और माया में नहीं अटके रहना चाहती, इन सब से ऊपर उठना चाहती हूँ।''

मैंने कहा, ''माँ, मुझे अपने लिए कुछ सार्थक करने में मदद करिए।''

मेरा बेटा मुझसे आकर लिपट गया और मुझे थोड़ा बेहतर महसूस होने लगा।

धर्मशाला में माँ का जो कमरा था, उसमें उनकी तस्वीर से इतनी ऊर्जा प्रवाहित हो रही थी कि मुझे लग रहा था कि मैं उनसे बात कर सकती हूँ। मैं दिल्ली निकलने को ही थी कि सनी भैया ने मुझे बुलाया और कहा, ''दीदी, माँ आपके साथ लंदन जाना चाहती हैं।''

मैं ठगी सी रह गई। उन्होंने माँ की वह तस्वीर एक पवित्र

वस्त्र में लपेट कर मुझे दी। उस तस्वीर को हाथ में लेते ही मुझे ऐसा लगा कि मेरी पूरी देह में एक ऊर्जा की लहर दौड़ गई हो।

सनी भैया ने पूछा, ''दीदी, इतनी बड़ी तस्वीर को आप कैसे लेकर जाएँगे और कहाँ स्थापित करेंगे?''

मैं मुस्करा कर बोली, ''माँ को मैं अपने हाथों में लेकर जाऊँगी और वो अपना कमरा खुद बनवा लेंगी।''

माँ और बाबा के आशीर्वाद से लंदन के मेरे घर में आज एक खूबसूरत मंदिर है जहाँ मैं रोजाना ध्यान लगाती हूँ और पूजा करती हूँ।

दो महीने बाद 23 फरवरी 2014 को मैं और सुधीर, सनी भैया को उनके जन्मदिन पर बधाई देने माँ के घर वापस आए। हम लोग प्रार्थना करने मंदिर में बैठे। अचानक मेरे ध्यान में मुझे माँ के जीवन पर एक किताब लिखने की प्रेरणा मिली। मैंने किसी को कुछ नहीं बताया। मैं समझ नहीं पा रही थी कि ये कैसे होगा?

कुछ देर बाद सनी भैया ने केक काटा। हम लोग जब बैठकर केक खा रहे थे, तो इसी बात पर चर्चा हो रही थी कि माँ की दसवीं बरसी पर उनके लिए हम क्या कर सकते हैं। अचानक सुधीर के मुँह से निकला, ''क्यों न माँ की एक जीवनी तैयार की जाए''। मैं खुशी से उछल पड़ी। मैंने पूछा, ''आपके दिमाग में ये बात कब आई।''

उन्होंने जवाब दिया, ''पूजा के दौरान।''

''हे भगवान, मेरे ध्यान में भी पूजा के दौरान यही खयाल आया था। ये पक्का है कि श्याम बाबा ही हमें संदेश भेज रहे हैं।''

मेरे मन को शांति मिली कि कम से कम इस तरीके से मैं माँ के लिए कुछ कर सकती हूँ और उनके जीवन से और लोग अपना मार्गदर्शन कर सकते हैं।

मैंने सनी भैया से आग्रह किया, ''प्लीज, मैं खुद इसे लिखना चाहूँगी।''

सनी भैया ने हंसते हुए कहा, ''दीदी, आपसे ज्यादा बेहतर माँ को कौन जानता था? आप ही लिखो।''

इस किताब को लिखना भावनाओं के समंदर में गोते लगाने जैसा था। मुझे कलम उठाने और खुद को एक लेखक के बतौर तटस्थ बनाने में कई महीने लग गए। इसने मुझे एक बड़े नजरिए को पैदा करने और माँ के मूल्यों पर अपना लेखन केन्द्रित करने में मदद की।

मैं इस किताब को लिखने के लिए मदद माँगने साइमन ब्राउन के पास गई। साइमन मेरे मैक्रोबायोटिक के शिक्षक हैं और उन्होंने अकेले 18 किताबें लिखी हैं। उन्होंने मुझसे कहा कि माँ के बारे में समझाने के लिए जिंदगी की वास्तविक घटनाओं के सहारे मैं अपनी कहानी सुनाऊँ तो ज्यादा बेहतर होगा। साइमन ने मुझे ज्यादा विवरणों में जाने के लिए प्रेरित किया ताकि किताब में वर्णित कहानी और जीवंत हो उठे।

यह पुस्तक लिखने के लिए मैं कई बार भारत आई और उन लोगों का इण्टरव्यू किया जो या तो माँ के करीब थे और उनके भक्त थे। मैं माँ के बारे में अलग-अलग नजरिए पाना चाहती थी और दूसरों की आँखों से माँ को देखना चाहती थी।

माँ और बाबा से भक्तों को सबसे बड़ी शिक्षा यह मिली है कि कैसे अपने वर्तमान को स्वीकार किया जाए और उसी में शांति तलाशी जाए। जिंदगी वही है, जैसी आप उसे बनाना चाहते हैं। अगर आप शांति और कृतज्ञता के साथ जीते हैं तो आप खुद को अपने कार्मिक चक्र से मुक्त कर लेते हैं। मैंने जितने भक्तों से बात की, यह जानकर दंग रह गई कि हर कोई खुद को माँ के लिए सबसे विशेष मानता था। उनकी उम्र चाहे जो रही हो, सारे भक्त माँ के लिए बच्चे ही थे।

एक माँ, पत्नी, बेटी, बहू और तमाम अन्य किरदारों में मेरी

जिंदगी दरअसल सांसारिक जिम्मेदारियों और अध्यात्म के बीच बंट गई है। यह पुस्तक लिखते समय मैंने इस बात पर गौर किया कि आखिर माँ ने किस तरह अपनी जिंदगी के इन तमाम आयामों के बीच संतुलन बैठाया था।

मुझे अब ऐसा लग रहा है कि जितना ज्यादा मैं खुद को अपनी परेशानियों से अलग करती जाऊँगी, और साथ ही खुद को व दूसरों को आजादी दे पाऊँगी, उतना ही ज्यादा जिंदगी में मेरा विश्वास बढ़ता जाएगा। मसलन, मेरा बेटा आयुष अट्ठारह साल का है और किसी भी माँ की तरह मेरी भी उसे लेकर कुछ मजबूत धारणाएँ थी। उससे जुड़े कई अहम फैसलों में मैं अन्य माँओं की तरह इन धारणाओं की अपेक्षा करती थी। अब मुझे यह अहसास हो रहा है कि हम दोनों में से किसी एक को अगर खुद को बदलना पड़े, तो वह मैं क्यों नहीं हो सकती? ऐसा करके मैंने पाया है कि हम दोनों के मन में एक-दूसरे का मूल्य बढ़ गया है और साथ ही अपनी-अपनी तलाश करने की हमें ज्यादा गुंजाइश मिली है। यही सोच कर मैं चीजों को स्वीकार कर लेती हूँ। ऐसा कर के बेमतलब के कई नाटकों से मैं दूर रहती हूँ।

सांसारिक जीवन जीना और सांसारिक जिम्मेदारियों को पूरा करना अपने आप में एक बड़ा काम है। अधिकतर लोग तमाम किरदारों और रिश्तों को सही ठहराने के लिए संघर्ष करते रहते हैं। उनका संघर्ष पहले से तय सीमाओं के भीतर चलता रहता है। सोचिए, कितने मुखौटे हमें पहनने पड़ते हैं? आखिर हम कितना दे पाते हैं और हम अपनी सीमा रेखा कहाँ खींचते हैं? एक-दूसरे की संवेदनाओं और समझ के साथ हम कैसे बर्ताव करते हैं? क्या हम पहले प्रेम करें, खयाल रखें, बातें साझा करें और उसके बाद माफ करें?

इस किताब को लिखने की प्रक्रिया में मैंने पाया कि खुद को अपनी दिक्कतों से मुक्त कर पाने में अब मैं ज्यादा समर्थ

महसूस कर रही हूँ। ऐसा लगता है कि अब जाकर मैंने कहीं ज्यादा स्वीकार्यता के साथ जिंदगी को खुलकर गले लगाया है। मेरे रिश्तों में प्रेम और समझ का गहरा जुड़ाव है। मुझे लगता है कि अब मैं सामने वाले की नाराजगी या उदासी को बेहतर सुन सकती हूँ। सहानुभूति और करुणा के साथ चीजों को सुनने-समझने के बावजूद जरूरी नहीं कि सामने वाले की समस्या को सुलझाने के प्रति मैं खुद को बाध्य महसूस करूँ।

मेरा आध्यात्मिक जीवन मुझे इस बात में मदद करता है कि भौतिक जगत का सुख उठाते हुए भी मैं अपने भीतर की स्थिरता को गले लगा सकती हूँ।

अतीत में मैंने लोगों को निराश न करने के डर से दूसरों की जरूरतों को अपनी जरूरतों से ऊपर रखा था। अब मैं दूसरों से प्रेम और स्वीकार्यता चाहने के बजाय खुद को प्यार करना सीख गई हूँ। अब मैं लोगों की सेवा किसी बाध्यता के तहत नहीं, बल्कि उत्साह के साथ करने के प्रति भरोसेमंद हूँ।

अपने भीतर की आध्यात्मिकता और बाहर के रिश्तों के बीच एक महीन संतुलन का बना रहना बहुत जरूरी है ताकि दोनों का संगम हो सके।

जिंदगी सहज और खूबसूरत है। हम लोग ही अपनी हर सोच और कर्म का जरूरत से ज्यादा विश्लेषण करके उसे जटिल बना देते हैं। हम अपने मूल में आत्मा हैं, जो इंसानी जीवन का अनुभव लेने और जिंदगी के तमाम आयामों जैसे कि पैसा, करियर, रिश्ते और प्रेम इत्यादि का सुख उठाने के लिए यहाँ आए हैं। ऐसा करते वक्त हमें इनके चंगुल में नहीं फँसना है, इनका शिकार नहीं होना है। हम में से अधिकतर लोग अपने सुख से इतना बंध जाते हैं कि अपनी पहचान उन्हीं चीजों के रास्ते करने लगते हैं और इस तरह उन्हें खोने का डर हमारे भीतर समा जाता है। हम असुरक्षित हो जाते हैं। कोई भी सुख, पीड़ा के बगैर नहीं आता और पीड़ा हमें कृतज्ञ होना व जीवन

में बड़ा होना सिखाती है। असली चुनौती तो इन दोनों का सुख लेने की है और उसके बावजूद इन दोनों के पार जाने में खुद को समर्थ बनाने की है।

भुला देना और माफ कर देना आपको मुक्त करता है और आपकी आध्यात्मिक तरक्की को पंख लगाता है।

–माँ

खंड दो

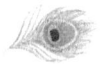

चौदहवां अध्याय

पोते की निगाह से

माँ को जब अस्पताल ले जाया गया, तो उन्हें देखते ही डॉक्टरों ने बता दिया कि वे कुछ देर पहले ही गुजर गई थीं।

माँ के पार्थिव शरीर को वापस घर लाया गया। वे बिलकुल शांत दिख रही थीं। उनके चेहरे से वही प्रकाश और देवत्व प्रवाहित हो रहा था और ऐसा लग रहा था कि वे गहरी नींद में हैं।

वे कहती थीं, ''जियो तो सेवक की तरह, मरो तो राजा की तरह।''

उनका असूल था कि दूसरों की सेवा करो और अपना कर्त्तव्य पूरी ईमानदारी व करुणा के साथ पूरा करो।

उनका शरीर जब अंतिम संस्कार के लिए ले जाया गया, तो उन्हें सबसे खूबसूरत साड़ियों और शॉलों से सजाया गया था और इस सबके ऊपर एक लाल चादर डाली गई थी।

माँ कहा करती थीं, ''जब मैं अंतिम यात्रा के लिए इस दुनिया को अलविदा कहूँगी, तो मुझे लेने एक लाल सवारी आएगी।''

उनकी सारी इच्छाएँ अब सच हो रही थीं। सैकड़ों भक्त माँ के साथ अंतिम यात्रा तक गए थे। लगातार चार कंधे माँ के शरीर को उठाए हुए थे और इतने लोग थे कि किसी भी कंधे को पाँच मिनट से ज्यादा का वक्त नहीं मिल रहा था और किसी को भी दोबारा कंधा देने का मौका नहीं मिला। यह अंतिम यात्रा फूलों की एक नदी के जैसी थी। घर से लेकर घाट तक साढ़े तीन किलोमीटर लंबे रास्ते पर फूलों का कालीन बिछा हुआ था और भक्तगण लगातार उनके ऊपर फूलों की बरसात कर रहे थे।

श्मशान घाट पहुँचने पर उनके लिए शुद्ध चंदन की लकड़ी की चिता तैयार की गई थी। उनके ऊपर जो आखिरी चादर डाली गई, उस पर लिखा था, ''जय श्री श्याम''। भावनाओं का ज्वार उमड़ पड़ा था और कई भक्त तो माँ के साथ ही जाना चाह रहे थे। सनी उनके ठीक बगल में वैसे ही लेटना चाह रहा था जैसे वह बचपन में उनके साथ सोता था।

चिता पर शुद्ध देसी घी डाला गया। चंदन की एक लकड़ी में एक कील लगी हुई थी जिसे गलती से चिता पर रख दिया गया था।

माँ के भक्त विनोद ने डाँटते हुए कहा, ''तुरंत वह कील निकालो। तुमको पता नहीं कि माँ को कील से चोट लग जाएगी?''

हिंदू परंपरा के मुताबिक माँ के सबसे बड़े बेटे सतीश को चिता में दाग देने को कहा गया। पंडितजी ने अंत में उनके पोते को भी सतीश का साथ देने के लिए बुलाया।

सनी और सतीश ने जलती हुई लकड़ी से चिता को दाग दिया। पूरी जगह माँ के गर्मजोशी भरे प्यार से दहक उठी थी। माँ की देह की ताकत और ऊर्जा देखते ही बनती थी।

वे गईं तो सच में बिल्कुल एक महारानी की तरह, जिसने सैंकड़ों दिलों में घर बनाया था। उस दिन जाने कितने दिल टूटे थे और कितने सिर उनके सम्मान में झुक गए थे!

❖

इस किताब के लिए मैंने पहला इण्टरव्यू सनी भैया का लिया। माँ के जाने के बाद उनके मंदिर की जिम्मेदारी उन्होंने ही संभाल ली थी। हमारी मुलाकात माँ के घर पर हुई।

बचपन में सनी माँ के पास घुटनों के बल रेंगते हुए पहुँच जाता था। सनी और मीनू माँ के बहुत करीब थे। दादी होकर उन्होंने दोनों को पाला-पोसा था और उन्हें ही परिवार का मुखिया समझा जाता था। वे सबके प्रति संवेदनशील लेकिन अनुशासन में रह कर ही पूरे परिवार को एक साथ जोड़े हुए थीं।

बचपन से ही सनी उनकी आध्यात्मिकता से बहुत प्रभावित था। पूजा करते वक्त माँ उसे अपनी गोद में लेकर बैठती थीं। दोनों माँ के साथ उनके कमरे में ही सोते थे। दोनों पर माँ का लाड़-प्यार बरसता था।

सनी के बचपन के खिलौनों में बाँसुरी थी, माँ की चूड़ियाँ थीं और उनकी पूजा का सामान था। वह अपने खिलौनों को देवताओं के पुराने वस्त्र पहनाकर सजाते थे और इस तरह खिलौनों के इर्द-गिर्द एक किस्म की आध्यात्मिक दुनिया रचा देते थे।

माँ उन्हें पूजा-अर्चना में इतना वक्त देने से रोकती थीं। उनकी चाहत थी कि उनके बच्चे और नाती-पोते खुद अपने पैरों पर खड़े हो सकें, शिक्षित हो सकें।

माँ का जोर इस बात पर था कि सनी हफ्ते भर अपनी पढ़ाई करे और होमवर्क में ध्यान लगाए। इसीलिए उसे सिर्फ हफ्ते के अंत में पूजा में शामिल होने दिया जाता था।

माँ जब श्याम बाबा के जागरण और कीर्तन में जाती थीं तो उन्हें घर लौटने में बहुत रात हो जाया करती थी। चाहे कितनी भी रात क्यों न हो, सनी उनके इंतजार में सो नहीं पाते थे। उन्हें माँ के बगैर नींद नहीं आती थी। उसने सबसे लंबे समय

तक माँ के बिना जिंदगी गुजारने का संघर्ष किया है।

माँ ने सनी को ध्यान और साधना के तरीके कभी नहीं सिखाए। उन्हें तो बस श्रृंगार अपनी ओर खींचता था। वह श्रृंगार के रास्ते खुद को भक्ति में समर्पित करते थे। वह फूलों की माला बुनते थे और माँ ने बाबा का श्रृंगार सनी के हाथों से बनाई माला से करना शुरू कर दिया था।

फिर सनी और मीनू बारी-बारी से शाम की प्रार्थना सभाएँ करने लगे और माँ सुबह की प्रार्थना करती थीं। बाबा जब माँ के माध्यम से प्रकट होते थे, तो सनी और मीनू की उनसे कोई सवाल पूछने में कभी जिज्ञासा नहीं होती बल्कि वे खुद को गाने और भक्ति में ही डुबोए रहते। इसी के माध्यम से वे अपने भीतर परमात्मा की मौजूदगी का अहसास करते थे। इस तजुर्बे के कारण सनी भजनों के रूह को समझने लग गए थे। उन्हे पता था कि कौन से भजन ध्यान लगाने के काम आते हैं और किन भजनों से एकाग्रता भंग होती है।

माँ के जीते जी सनी को कुछ ऐसे अनुभव हुए थे जब उन्हें लगा कि उनकी छुपी हुई चेतना जागृत हो चुकी है। डालमिया जी बाबा के एक भक्त हैं। वे माँ की हिसाब-किताब में मदद करते थे। एक दिन दिल्ली के कनॉट प्लेस पर खड़ी उनकी कार चोरी हो गई। उन्हें जब अपनी कार नहीं मिली, तो वे खाटू में माँ के पास आए। तब तक सनी अपनी जागृत चेतना के बारे में चुप थे क्योंकि वह नहीं चाहते थे कि माँ को ऐसा लगे कि वह उनकी नकल कर रहे है। उस दिन हालाँकि सनी ने कुछ फूल चुने, उन्हें देवताओं पर चढ़ाया और एक फूल डालमिया जी को दे दिया। उन्होंने उनसे कहा, ''वहीं वापस जाइए और आपको अपनी कार खड़ी मिलेगी।''

उस वक्त सनी सिर्फ ग्यारह साल के थे। डालमिया जी फूल लेकर पूरे विश्वास से उसी जगह वापस गए और उन्हें अपनी कार मिल गई। इस घटना के बाद से वे सनी को सनी बाबा

कह कर पुकारने लगे।

डालमिया जी ने यह घटना माँ को सुनाई थी, लेकिन माँ इस तरह की चीजें बच्चों में प्रोत्साहित नहीं करना चाहती थीं। वे चाहती थीं कि उनके बच्चे सामान्य जिंदगी जिएँ। वे जानती थीं कि यह सब उन्हें दूसरे रास्ते पर ले जाएगा।

वक्त बीतता गया और सनी की सांसारिक व आध्यात्मिक जिंदगी एक साथ चलती रही। वह और ज्यादा उत्साह से मंदिर को सजाने लगी। माँ उनकी पढ़ाई को लेकर काफी अनुशासन रखती थीं। वे चाहती थीं कि सनी विश्वविद्यालय में पढ़ने जाए और अपने पैरों पर खड़ा हो सके। माँ जानती थीं कि बिना पढ़ाई-लिखाई के जिंदगी कितनी दूभर हो सकती थी।

उनकी आध्यात्मिक जिंदगी ने माँ के पोते की भूमिका में रहते हुए आकार लिया था। माँ जब बीमार थीं और बिस्तर से उठने में असमर्थ थीं, तो माँ के कहने के अनुसार वह मंदिर में मदद करते थे।

पूजा-अर्चना के दौरान भक्तगण देवताओं और श्याम बाबा को चढ़ावा चढ़ाते थे। माँ ने कभी भी घर में किसी को उस पैसे को कभी छूने नहीं दिया था। वह बाबा का पैसा था और फागुन मेले के दौरान खाटू के मंदिर में वही पैसा बाबा को चढ़ाया जाता था।

एक दिन एक भक्त ने पैसा चढ़ाया तो माँ ने उसे बाबा की तस्वीर के सामने रख दिया। सनी स्कूल से लौटा तो हमेशा की तरह मंदिर की सजावट को देखकर काफी उत्साहित हुए। माँ जब बाद में पूजा करने गईं तो उन्होंने पाया कि वह पैसा वहाँ नहीं था जहाँ वे छोड़कर गई थीं। वे सनी पर बहुत गुस्सा हुईं और उन्होंने उन्हें बहुत डाँटा। वह बहुत संवेदनशील होने के कारण डाँट खाने के बाद काफी निराश हो गए। वह लगातार उनसे कहते रहे, ''माँ, मैंने पैसे को हाथ नहीं लगाया। माँ, मेरा विश्वास करो।''

माँ ने दोबारा पैसे के लिए इधर-उधर देखा, तो पाया कि पैसे बाबा की तस्वीर के पीछे रखा था। हो सकता है वह उधर किसी तरह खिसक गया हो। सनी को बहुत गुस्सा आया और इस बात पर ग्लानि हुई कि माँ ने उसके ऊपर विश्वास नहीं किया। उन्होंने कहा, ''मैं आपके मंदिर में दोबारा कभी नहीं आऊँगा। मुझे बाबा की दूसरी तस्वीर दीजिए। मैं मंदिर के बगल वाले स्टोर रूम में अपना छोटा-सा मंदिर बनाऊँगा और अकेले पूजा करूँगा। मुझे आपका पैसा छूने की जरूरत नहीं है क्योंकि मुझे आपसे जो चाहिए, वह सब मुझे मिल जाता है। आप मुझे सब कुछ देती हैं। फिर मुझे क्या जरूरत कि मैं कहीं और जाऊं? बाबा का पैसा मैं क्यों लूँगा?''

वह माँ के कमरे में चले गए, उसे भीतर से बंद कर लिया और रोने लगे। उनके लिए माँ ही उनका भगवान थीं। उनसे लड़ना बहुत पीड़ादायक था। सबसे ठेस-जनक बात यह थी कि उनके भगवान ने उन पर शक किया था। वह टूट चुके थे।

माँ ने उनसे माफी मांगते हुए कहा, ''तुम सही कह रहे थे। अब दरवाजा खोलो।''

सनी इतना निराश थे कि उनका रोना रुक ही नहीं रहा था। माँ के गलत आरोप से उन्हे लग रहा था कि उनके साथ नाइंसाफी हुई है।

शाम तक सनी ऐसे ही दुखी रहे।

माँ ने गुहार लगाई, ''मुझे जिंदा देखना चाहते हो तो दरवाजा खोलो।''

सनी के लिए माँ की जिंदगी से ज्यादा अनमोल कोई चीज नहीं थी। उनहोंने दरवाजा खोल दिया।

माँ बोलीं, ''चलो, खाना खाओ।''

''मैं नहीं खाऊँगा, आप जाकर खा लीजिए।''

माँ बहुत गंभीर हो गईं। उनके कमरे में एक दीवान था जिस पर वे सोती थीं और फर्श पर दो गद्दे थे जिस पर मीनू

और सनी सोते थे।

उस रात करीब आधी रात के वक्त सनी ने श्याम बाबा को देखा। बाबा ने उन्हें माँ को सफेद कपड़ों में लिपटा हुआ चिता पर लेटे हुए दिखाया।

सनी ने कहा, ''आप किसे डरा रहे हैं बाबा? माँ को अगर कुछ हुआ तो मैं भी जिंदा नहीं रहूँगा।''

बाबा बोले, ''मेरी भक्त को तुम ऐसे ही परेशान करोगे तो मैं उसे ले जाऊँगा।''

सनी ने बचाव में जवाब दिया, ''आप ऐसा क्यों कह रहे हैं? मैंने उन्हें परेशान नहीं किया है। उन्होंने मुझ पर गलत आरोप लगाया था।''

बाबा ने दुहराया, ''मैं अपनी भक्त को ले जाऊँगा।''

अचानक सनी को कुछ महसूस हुआ कि क्या हो रहा है। वह सदमे में एकदम से रुक गए और रोने लगे। फिर वह जाकर माँ के पैरों पर गिर पड़े और पूरी ग्लानि के साथ आँसुओं में डूब गए।

उसने कहा, ''माँ, मुझे माफ कर दीजिए। मैंने आपको दुखी किया है।''

माँ भी जगी हुई थीं। रात के दो बज रहे थे। उन्हें नींद नहीं आ रही थीं। उन्हें यह अहसास था कि उन्होंने अपने सबसे करीबी को कष्ट पहुँचाया है। सनी के आँसू देखकर माँ का दिल भर आया। उनसे बोला नहीं जा रहा था। उन्होंने माँ के चरणों में सिर रखकर गुहार की, ''माँ, मुझे प्लीज़ माफ कर दीजिए।''

माँ उठीं और उन्होंने करुणा व भरे हुए दिल से सनी को देखा। वह माफी की भीख माँग रहा था और वादा कर रहा था कि कभी भी उन्हें किसी भी तरीके से कष्ट नहीं पहुँचाएगा।

''माँ, मुझे छोड़कर कभी मत जाना। मैं वादा करता हूँ कि आपसे कभी भी बहस नहीं करूँगा और गुस्सा नहीं होऊँगा।''

उन्होंने सनी के सिर पर हाथ रखकर उसे आशीर्वाद दिया।

फिर वे भी उसके साथ रोने लगीं और दोनों ने एक-दूसरे को गले लगा लिया।

उन्होंने सनी से कहा, ''मैं तुम्हें छोड़कर नहीं जाऊँगी। मैं तो बस बाबा को चढ़ाए पैसे का सम्मान करना तुम्हें सिखा रही थी। भक्तों के चढ़ावे का कोई भी गलत इस्तेमाल परिवार के गलत कर्मों के खाते में जाएगा और हम सब उसकी सजा भुगतेंगे। मैं जानती हूँ कि तुमने पैसा नहीं लिए थे लेकिन मैं तुम्हें बस तुम्हें पैसे, ईमानदारी और अखंडता का मोल सिखाने की कोशिश कर रही थी।''

माँ ने कभी भी अपने तनाव और अपनी परेशानियों को परिवार के साथ साझा नहीं किया था। वे नहीं चाहती थीं कि इसकी वजह से परिवार को कोई परेशानी हो।

उस दिन के बाद से ही सनी को यह चिंता सताने लगी कि माँ को अगर किसी ने कभी कोई कष्ट पहुँचाया, तो बाबा उन्हें अपने साथ ले जाएँगे। अब वह माँ को अपनी दादी से ज्यादा अपनी गुरु का दरजा देने लगे था। माँ के प्रति उनका सम्मान और भी बढ़ गया था। जैसे-जैसे उनका विश्वास और दैवीय प्रेम मजबूत होता गया, माँ के साथ उनका जुड़ाव और भी बढ़ता गया।

माँ के मन में मीनू के लिए अटूट प्यार था क्योंकि वे उसकी दादी होने के साथ उसकी माँ भी थीं। मीनू शांत रहती थी। उसने शायद ही कभी अपनी किसी दिक्कत को किसी के साथ साझा किया था। इसीलिए मीनू अगर परेशान हो जाती, तो माँ के चेहरे पर इसका असर साफ दिखने लगता था।

मीनू को काफी संभाल कर पाला-पोसा गया था। जब उसका दाखिला विश्वविद्यालय में हुआ, तो उसे अपने उम्र की दूसरी लड़कियों की ही तरह कॉलेज के समारोहों और आयोजनों में जाना पसंद आने लगा। माँ उसे जाने तो देती थीं, लेकिन हमेशा सतर्क रहती थीं क्योंकि मीनू बहुत मासूम थी। अपने जीते जी

वे मीनू का घर बसा हुआ देखना चाहती थीं।

श्याम बाबा में माँ की जो आस्था थी, उसकी कोई सीमा नहीं थी।

वे हमेशा कहती थीं, ''बाबा खयाल रखेंगे।''

किसी संकट के पल में माँ बहुत मासूमियत के साथ बाबा से पूछती थीं, ''बाबा, ऐसा क्यों हुआ?''

फिर वे खुद ही समर्पण करते हुए कहती थीं, ''बाबा, मैंने इसे आपके जिम्मे देखने को छोड़ दिया है, आप ही सम्भालो।''

बाबा में उनकी आस्था और समर्पण का कोई जोड़ नहीं था। वे अपनी भक्ति और दैवीय आस्था व सच्चे प्रेम की सीमा का खुद ही लगातार विस्तार करती गईं, जब तक कि वे उस मोड़ तक नहीं पहुँच गईं जहाँ माँ और बाबा के बीच का फर्क मिट गया। दोनों तकरीबन एकाकार हो गए थे। इन सब के बावजूद उन्होंने अपनी घरेलू जिम्मेदारियों पर इसका असर नहीं पड़ने दिया। प्रेम, सच्चे कर्म और करुणा से उनका दिल भरा हुआ था।

हर्ष और प्यार से सबकी राह प्रकाशित करने की कोशिश करो।

–माँ

पंद्रहवां अध्याय

पोते की कठिनाइयाँ

माँ का हमेशा से यही सपना था कि श्याम बाबा की पूजा-अर्चना और उनके जरिए से मानवता की सेवा की जाए। उन्होंने लोगों को उनके कठिन समय में मदद करने, निर्देशित करने और सहयोग करने का एक मिशन अपने हाथों में लिया था। उनकी इच्छा थी कि उनके जाने के बाद भी यह मिशन जारी रहे।

सनी (जिन्हें अब सनी भैया के नाम से जाना जाता है) ने भक्ति और सत्कर्म को जारी रखने के माँ के सपने को पूरा करने की जिम्मेदारी अपने ऊपर ले ली।

मीनू की शादी के साथ ही माँ की आखिरी पारिवारिक जिम्मेदारी भी पूरी हो गई। मीनू के ससुराल-पक्ष ने उसका बहुत खयाल रखा, बिलकुल वैसे ही, जैसी माँ ने उसके लिए उम्मीद की थी।

❖

माँ के गुजरने के बाद उनके घर में जिंदगी पूरी तरह बदल गई। अधिकतर भक्तों ने आना बंद कर दिया। कुछ तो उनके गुजरने को ही नहीं पचा सके, कुछ और थे जिनका रिश्ता इस घर से धीरे-धीरे टूट गया।

कुछ भक्त हालाँकि ऐसे थे जो घर में आते रहे और उन्होंने मिलकर माँ में विश्वास बुलंद रखा।

माँ से विनोद जिंदल की पहली मुलाकात 1972 में हुई थी जब माँ ने उन्हें पहली बार आशीर्वाद दिया था और वे तुरंत माँ से एक जुड़ाव महसूस करने लगे थे। माँ ने जिंदगी के हर मोड़ पर उनकी मदद की थी। वे स्वयं को माँ और बाबा का कर्जदार मानते थे और अपने जीवन में हुए तमाम चमत्कार के बारे में भावुक हो गए।

विनोद आज भी तीर्थयात्रा का आयोजन करते हैं और उस दौरान हर साल लगातार तीन दिन तक सैकड़ों श्रद्धालुओं का खयाल रखते हैं।

तमाम भक्तों की तरह वे भी माँ के जाने से टूट गए थे, लेकिन उनके मन में दृढ़ संकल्प था कि सत्कर्म कर के माँ के सपने को जिंदा रखा जाए। इसी माध्यम से माँ प्रार्थनाओं और तीर्थयात्राओं में लगातार अपनी उपस्थिति दर्ज कराती रही हैं। वे हर पूजा में आते रहे। उनका छोटा बेटा नितिन, जो सनी भैया के साथ बड़ा हुआ था और उनका सबसे अच्छा दोस्त था, वह उनका दायाँ हाथ बन गया। विनोद का बड़ा बेटा अमित भी नियम से पूजा में आता रहा और अपने पिता को तीर्थयात्राओं के आयोजन में मदद करता रहा।

फरवरी 2005 में फागुन मेले के दौरान तीर्थयात्रा की तैयारियाँ करना बड़ा चुनौतीपूर्ण रहा था। माँ जब तक जिंदा रहीं, सैकड़ों लोग तीर्थयात्रा में सहयोग करने के लिए उनके साथ खड़े रहे लेकिन बाद में बस मुट्ठी भर लोग बचे रह गए। इसके बावजूद सनी भैया ने अपना विश्वास बनाए रखा। उनकी इच्छाशक्ति बढ़ती

गई और सांसारिक जगत से उनका धीरे-धीरे मोहभंग होता गया। बहुत छोटी अवस्था में ही वे माया से मुक्त हो रहे थे और सच्चाई को समझ रहे थे। उन्होंने अपनी जिंदगी की जिम्मेदारी खुद अपने हाथों में ली। वे जानते थे कि उन्हें ही खुद के लिए खड़ा होना होगा। दूसरों पर निर्भर होने से कष्ट होता है। माँ का आशीष लगातार उनके साथ बना रहा। वे उन्हें आध्यात्मिक स्तर पर लगातार सहयोग देती रहीं।

माँ उनसे कहती थीं, ''आस्था और धैर्य रखो, सब कुछ ठीक हो जाएगा।''

कुछ दृढ़ भक्तों के सहयोग से उन्होंने अपनी आस्था और अच्छे कर्मों को जारी रखा। आखिरकार उनके ऊपर कृपा बरसी।

1985 से ही हर दिसंबर में उत्सव का आयोजन किया जाता रहा है। हजारों श्रद्धालु इसमें आते रहे हैं। देश भर के गायक यहाँ श्याम भजन गाने आते हैं और एक बड़ा-सा खूबसूरत पंडाल हर बार लगाया जाता है। यहाँ सबके लिए रात के खाने का प्रबंध होता है और सैकड़ों कार्यकर्ता इसे मुमकिन बनाने में मदद करते हैं।

दिसंबर 2005 में पहली बार श्याम बाबा सनी भैया के माध्यम से प्रकट हुए। बाबा जब उनके ऊपर आए तो सनी भैया तीन फुट ऊपर उछल गए। उन्हें पता ही नहीं लगा कि उनके साथ क्या हुआ है।

फरवरी 2006 में फागुन मेले के दौरान बाबा आए और उन्होंने बताया कि कैसे सब इंतजाम करना है।

इसके बाद से सनी भैया में बाबा की सवारी आने लगी। श्याम बाबा की वापसी माँ के मंदिर में हो गई थी और माँ अपनी आध्यात्मिक दुनिया में बैठे प्रफुल्लित थीं। धीरे-धीरे बात फैली और भक्तों का तांता लगना शुरू हो गया।

सनी भैया ने कहीं ज्यादा व्यवस्थित तरीका अपनाया। उन्होंने कर्मकांडों के पालन के लिए कुछ नियम तय कर दिए। उन्होंने तय किया कि वे श्रद्धालुओं की मदद करते वक्त उनसे एक दूरी

बनाए रखेंगे और उनसे संलग्न नहीं होंगे। कुछ पुराने भक्तों को उन्हें और उनके लाए बदलावों को स्वीकार करने में चुनौती पेश आई। वे उन्हें बचपन से जानते थे, इसलिए माँ की महानता के साथ वे उनकी तुलना कर के देखते थे। परिवार को भी यह बात स्वीकारने में दिक्कत आई कि बाबा अब सनी में प्रवेश लेने लगे हैं।

सनी भैया के नजरिये से यह एक बड़ी चुनौती थी कि इस जिम्मेदारी को कैसे स्वीकार किया जाए, क्योंकि माँ उनके लिए भी भगवान थीं। उन पर आरोप लगाए जाने लगे कि वे महत्वाकांक्षी हो रहे हैं और माँ की महानता का लाभ उठाने की कोशिश कर रहे हैं। उन्हें यह सब सुनकर बड़ा दुख होता था।

वे इन बातों से इतने हताश हुए कि 2009 में उन्होंने अपनी जान देने की कोशिश की। लोगों के शक से उनके आत्मसम्मान को ठेस पहुँचती थी। उन्होंने किसी से इस बात का जिक्र नहीं किया लेकिन रात में उन्होंने ढेर सारी नींद की गोलियाँ खा लीं। वे उस वक्त नितिन की दुकान पर थे कि बाबा अचानक उनके ऊपर आ गए और उन्होंने नितिन को बता दिया कि क्या हो रहा है। बाबा ने नितिन को कहा कि वे सनी भैया को एक लिमका पिला दें और उन्हें आराम करने दें। सनी भैया लिमका पीकर सो गए और अगली दोपहर उठे। जब वे मंदिर में बैठे तो बाबा ने उन्हें पिछली रात की बात याद दिलाई।

''तुम तो ठीक हो, लेकिन इसका कहीं न कहीं असर जरूर हुआ है। तुम देखना चाहते हो?''

सनी भैया ने देखा कि वे नींद की गोलियाँ निगल रहे हैं और उनके दिल में बैठे बाबा पर वे गोलियाँ गिर रही हैं। हर बार एक नई गोली लेने पर बाबा का रंग और गहरा होता जाता था। सनी भैया को समझ में आ गया कि जिस तरह बाबा अपने सारे भक्तों की पीड़ा को हर लेते हैं, वैसे ही वे उनकी रक्षा भी करते हैं। सनी भैया रोने लगे। उन्होंने बाबा से माफी माँगी

और वादा किया कि वे दोबारा कभी ऐसा नहीं करेंगे।

माँ और श्याम बाबा की कृपा से सनी भैया आज भी श्रद्धालुओं की मदद करने में लगे हुए हैं।

सनी भैया के पिता मुरारी 2008 में गुजर गए। मैंने तय किया कि मैं सनी भैया और उनकी मम्मी से मिलने और अपनी सांत्वना देने जाऊंगी। माँ के घर पहुँचने पर मैंने देखा कि वहाँ कई श्रद्धालु बैठे हुए थे और सनी भैया पहले से ही पूजा कर रहे थे। तब मुझे पता लगा कि सनी भैया में बाबा की सवारी आने लगी है। माँ के गुजरने के बाद से परिवार में क्या हुआ था, मुझे इसकी खबर ही नहीं थी क्योंकि मेरे भीतर हिम्मत ही नहीं थी कि मैं उनके न होने को मानूँ। मुझे लग रहा था कि अगर मैं न जाऊँ तो इस भ्रम में जी सकती हूँ कि माँ अभी भी जीवित हैं।

मुझे मंदिर के भीतर आने को कहा गया। मैं बैठ गई। मुझे पक्के तौर पर नहीं पता था कि क्या हो रहा है। सनी भैया की आँखें बंद थीं लेकिन वे मुझसे बातें करने लगे। मुझे ऐसा लगा कि मैं उनके माध्यम से बाबा से बातें कर रही हूँ। मेरा दिल भर आया क्योंकि लंबे समय से मेरी बाबा से बात नहीं हुई थी। पिछली बार जब फरवरी 2004 में मैं माँ को देखने आई थी, तब मैंने बाबा से बात की थी। मैं रोने लगी। सनी भैया ने बाद में मुझे बताया, ''दीदी, आप माँ से बातें कर रही थीं। माँ लौट आई हैं और आपका इंतजार कर रही हैं।''

चार साल बाद यह सुनना बहुत सुखदायक था कि माँ वापस आ गई हैं। माँ बहुत खुश थीं कि मैं उनके दरबार में आई थी। उन्हें खोने के बाद मैं जिस हताशा में चली गई थी, उससे उबरने में उन्होंने मेरी मदद की।

उन्होंने मेरी ऊर्जा और उत्साह को दोबारा हासिल करने में और उसे सही दिशा में मोड़ने में मेरी मदद की। मैं खुद से और लोगों के साथ भी जुड़ने लगी। फिर धीरे-धीरे मैंने खुद को भीतरी और बाहरी दुनिया के सामने खोलना शुरू कर दिया।

2008 के बाद से लगातार हर साल मैं एक हफ्ते के लिए प्राकृतिक उपचार और योग के लिए अकेले कहीं चली जाती हूँ। हर बार मैं एक नई जगह चुनती हूँ जहाँ मुझे नया तजुर्बा हो सके। इससे मुझे अपने लिए थोड़ा वक्त मिल पाता है और मैं अपने भीतर झाँक पाती हूँ। मैं बाहरी रिश्तों के पार जाकर अपनी तलाश कर रही हूँ। मैं अब अपनी भीतर की आवाज को ज्यादा सुनने लगी हूँ और माँ अब मेरे साथ एक बिलकुल नए स्तर पर आकर जुड़ती हैं। मैं माँ की ऊर्जा को अपने इर्द-गिर्द महसूस कर सकती हूँ।

हम सभी के भीतर एक माँ है और हमारे भीतर एक आवाज है। हम उस आवाज को तभी सुन पाएँगे जब हम अपने अंदर उतर कर अपने साथ एक रिश्ता कायम कर सकेंगे। यह आवाज हमें एक उच्चतर रास्ता अपनाने को कहती है। अब यह हमारे ऊपर है कि हम उस आवाज को सुनना चाहते हैं या नहीं और उस आवाज के दिए हुए निर्देशों व अपने में विश्वास करना चाहते हैं या नहीं।

मुझे याद है जब माँ का देहांत हुआ था, तो मेरे मम्मी-पापा ने मुझे सलाह दी थी, ''तुम्हें तेरहवीं तक वहाँ नहीं जाना चाहिए, दो हफ्ते बाद उनके घर जाना, जब दिसंबर की छुट्टियों में तुम भारत जाओगी।''

उस समय मैंने अपनी आँखें बंद करके लंदन में ही माँ से पूछा था कि मुझे क्या करना चाहिए। जवाब आया था, ''अपने दिल की सुनो।''

मैंने अपने दिल की आवाज सुनी। वह कह रहा था, ''अपने मन की शांति के लिए वहाँ जाओ और अपनी श्रद्धांजलि दो।''

सकारात्मक सोच कर अपने आसपास की विराट ऊर्जा को महसूस करो और तुम्हें परमात्मा का अहसास होगा।

–माँ

खंड तीन

सोलहवां अध्याय

चमत्कार

मैंने जब 1972 में माँ के पास जाना शुरू किया था तो नए भक्त या किसी गंभीर सवाल का जवाब पाने की इच्छा लिए वहाँ आए लोग अपने साथ एक नारियल लाया करते थे। वे अपना सवाल नारियल के सामने फुसफुसा कर कह देते थे और फिर उस नारियल को माँ की दरी के ठीक सामने मंदिर के साथ में रखी लकड़ी की एक पटिया पर रख देते थे। बाबा जब माँ में प्रवेश करते थे, तो एक-एक करके उन्हें ये नारियल दिए जाते थे और वे सवालों का जवाब देते जाते थे। कोई भी अपने सवाल किसी और को नहीं बताता था, लिहाजा यह जानने का कोई तरीका नहीं था कि कौन-सा नारियल किसका था। श्रद्धालु अपने नारियल पर अपना एक गुप्त निशान बना देते थे ताकि सबके बीच में वे अपने नारियल को पहचान सकें। वे अपना सवाल भी याद रखते थे।

❖

अरुण बोथरा

सनी भैया ने मुझे अरुण बोथरा से बात करने का सुझाव दिया जो फिलहाल कटक पुलिस की अपराध शाखा में इस्पेक्टर जनरल हैं। मैंने लंदन से शाम के वक्त उन्हें फोन किया। उस वक्त उनके यहाँ रात के दस बज रहे थे। मैं उनके पद को देखते हुए जरा सा आशंकित भी थी, लेकिन अरुण ने तुरंत मुझे सहज करते हुए पहले तो माफी माँगी कि वे मेरे पिछले फोन नहीं उठा सके और फिर किताब लिखने के लिए मुझे शुभकामनाएँ दीं। मुझे वो एक विनम्र शख्स लगे जो अनावश्यक बातें नहीं करते थे। वे सीधे मुद्दे पर आ गए। मुझे महसूस हुआ कि चमत्कारों से कहीं ज्यादा वे माँ के दिए मूल्यों, सच्चे प्यार और करुणा से प्रभावित थे।

उनकी माताजी 1986 में माँ के पास फरीदाबाद जाने लगी थीं। उन लोगों की आर्थिक हालत ठीक नहीं थी क्योंकि उनका छपाई का कारोबार बंद हो चुका था। वे लोग हर महीने नियम से एकादशी की पूजा में आने लगे। अरुण ने मुझे बताया कि जब उन्होंने माँ को बाबा के माध्यम से श्रद्धालुओं की समस्याओं का हल करते देखा, तो माँ में उनका विश्वास पैदा हो गया। अरुण ने एकाध उदाहरण भी मुझसे साझा किए। अरुण की जिंदगी धीरे-धीरे बदलने लगी। वे इस बात से बहुत परेशान थे कि उनका छोटा भाई बेरोजगार है। वे अपने भाई को हीरो-होंडा की एक एजेंसी दिलवाना चाहते थे। उस वक्त यह काम बड़ा मुश्किल था। फिर माँ उनके घर आईं और उन्हें सलाह दी कि वे पाँच गुरुवार तक गाय को बेसन खिलाएँ। ऐसा करने के चौथे गुरुवार ही अरुण के भाई को एजेंसी का कॉनट्रेक्ट मिल गया। इसी दौरान उनके सबसे छोटे भाई को पुलिस विभाग में नौकरी भी मिल गई, उनकी बहन की शादी हो गई और अरुण केन्द्रीय अन्वेषण ब्यूरो में काम करने लगे। पूरे परिवार की आस्था माँ

में अचानक बढ़ गई क्योंकि जो बात उन्हें तकरीबन नामुमकिन लगती थी, उसे उन्होंने मुमकिन होते देखा था।

अरुण ने बताया कि वे पूरी श्रद्धा और समर्पण के साथ पूजा करते थे।

वह बाबा से प्रार्थना करते थे, ''बाबा, मैं आपके दरबार में आपका आशीर्वाद लेने आया हूँ। आपको जो उचित लगता हो, वह आशीर्वाद मुझे दें। आप जो कुछ देंगे, मुझे विनम्रता से मंजूर है।''

माँ ने उनसे कहा, ''कभी भी वह चीज स्वीकार मत करो जो सही न हो। सच्चाई के रास्ते पर चलो।''

उन्होंने पूरी जिंदगी इस ज्ञान को पूरी ईमानदारी से लागू किया।

एक दिन अरुण, जब उस वक्त सीबीआई में डिप्टी इस्पेक्टर जनरल थे, किसी के घर पर छापा मारने गए। वे जैसे ही घर में घुसे, उन्हें श्याम बाबा की तस्वीर दिखाई दी। उन्हें तुरंत अंदाजा लग गया कि यह व्यक्ति श्याम भक्त है।

उन्होंने श्याम बाबा से प्रार्थना की, ''बाबा, मैं सच की राह पर ही चलूँगा, लेकिन मैं किसी श्याम भक्त को नुकसान नहीं पहुँचाना चाहता हूँ, खासकर तब जबकि आप यहाँ हैं।''

संयोग से उन्हें उस घर में छापे में कुछ नहीं मिला।

पुलिस महानिरीक्षक होने के नाते अरुण से मिलने-जुलने वालों का तांता लगा रहता था। उन्होंने बताया कि कैसे जब लोग बिना पहले से तय मुलाकात के भीतर आ जाते थे तो उन्हें बहुत दिक्कत होती थी। कई बार तो बगैर किसी असली वजह के लोग उनसे मिलने चले आते थे।

उन्होंने याद करते हुए बताया कि कैसे माँ सभी आने वालों को बराबर स्थान देती थीं और ऐसा करते वक्त उनके चेहरे पर कभी कोई शिकन नहीं आई और उनकी दैवीय मुस्कान चेहरे से कभी नहीं गई। वे शांत, पवित्र और धैर्यवान थीं। उनके पास लोग पहले से बताए बगैर चले आते थे। अपनी दिक्कतों को

फोन पर ही उनसे साझा कर लेते थे। इसके बावजूद माँ का धैर्य और प्रेम अडिग रहता था और सभी के लिए उनमें बराबरी का भाव रहता था।

अरुण ने यह भी कहा कि उनका तो काम ही सब से मिलना और सबकी सेवा करना था, फिर भी बिना अपॉन्टमेंट यह कभी-कभार बहुत दिक्कत पैदा करता था। माँ की तो किसी की सेवा करने या मदद करने की कोई बाध्यता भी नहीं थी। इसके बावजूद वे अटूट प्यार से और करुणा के साथ ऐसा करती थीं।

इस बात से मुझे याद आया कि मामला केवल इतना नहीं है कि हम क्या करते हैं, बल्कि असली फर्क इस बात से पड़ता है कि हम उसे कैसे करते हैं।

बिना किसी उम्मीद के प्यार और खुशी बांटो

-माँ

❖

सुरेन्दर गोयल

हाल में नवंबर 2014 में मैं श्याम बाबा का जन्मदिवस मनाने खाटू गई थी। विनोद जिंदल ने मुझसे कहा था कि माँ के चमत्कारों को जानने के लिए मैं उनके एक भक्त सुरेन्दर गोयल से बात करूँ। मैं सुरेन्दर गोयल को तब से जानती थी जब मैं पाँच साल की थी। माँ की धर्मशाला में बहुत सवेरे पूजा से भी पहले उनका इण्टरव्यू लेने के लिए मैं उनसे मिली। एक बड़े-से हॉल में हम लोग एक बेंच पर बैठे। सुरेन्दर 60 पार के हैं, लंबे-चौड़े बलिष्ठ इंसान हैं और उनकी आवाज गहरी थी।

उनका लहजा बहुत सधा हुआ और स्थिर था। पूरे इण्टरव्यू के दौरान वे बहुत शांत रहे, हालाँकि माँ के बारे में बोलते वक्त एकाध बार वे जरूर रुआँसे हो गए थे।

माँ से सुरेन्दर की पहली मुलाकात 1972 में हुई थी। उनके पैरों में कैंसर था। उनकी हालत इतनी खराब थी कि खड़े होने पर पैरों से पानी की तरह पस बहने लगता था। उनकी हड्डियाँ साफ दिखाई देती थीं। घुटने से लेकर एड़ी तक उनके पैर की चमड़ी गायब हो चुकी थी। दोनों ही पैरों में खुले घाव थे।

सारे डॉक्टरों ने जवाब दे दिया था और उन्हें कह दिया था कि उनके पैर अब नहीं बचेंगे। तब उन्होंने फैसला किया कि वे एक नारियल लेकर श्याम बाबा से सवाल पूछेंगे और उनकी मदद मांगेंगे। माँ ने उनका नारियल तो ले लिया, लेकिन बाबा से जो जवाब आया वह भी डॉक्टरों के जैसा ही था। सुरेन्दर का दिल टूट गया। बाऊजी ने सुरेन्दर के कंधों पर हाथ रखकर उन्हें ढाँढस बंधाया कि वे हिम्मत न हारें।

बाऊजी बोले, ''अपने मन की बात कहो। जो कुछ तुम्हारे दिमाग में है, बाबा को बता दो।''

सुरेन्दर ने बाबा को चुनौती दी, ''बाबा अगर दैवीय शक्ति हैं, तो वे मुझे ठीक क्यों नहीं कर देते?''

सुरेन्दर इस बात से सहमत थे कि हमें अपने कर्मों का फल तो चुकाना ही पड़ता है, लेकिन वे यह भी मानते थे कि दैवीय शक्ति किसी न किसी बिंदु पर अपना चमत्कार कर सकती है।

उन्होंने कहा, ''भगवान की नजर में नहीं या नामुमकिन जैसा कुछ भी नहीं होता। हमारे कर्मों का कर्ज जरूर कुछ देरी पैदा कर सकता है। बाबा, आप हमारी कर्मठता और संकल्प को भले जाँच लें, लेकिन उसके बाद आपको हमारी मदद जरूर करनी होगी।''

बाबा ने सुरेन्दर से पूछा, ''अपने संकल्प को लेकर तुम्हें कितना आत्मविश्वास है?''

"मुझ में बहुत आत्मविश्वास है।"

इससे पहले सुरेन्दर का इलाज दिल्ली के अस्पताल में लगातार 10 महीने तक हुआ था, लेकिन कोई सुधाार नहीं आया था। उससे निकल रहे पस की जाँच पंजाब के चंडीगढ़ में हुई थी। उसके नतीजे भी यही कह रहे थे कि यह कैंसर गंभीर चरण में पहुँच चुका था। उनका कहना था कि सुरेन्दर के पैर काटने पड़ेंगे। डॉक्टरों ने उनसे कहा था कि उन्हें एक प्रतिज्ञा-पत्र पर दस्तखत करने होंगे, तब जाकर उन्हें बंबई में सर्जरी के लिए दाखिला मिल सकेगा। सुरेन्दर ने सोचने के लिए कुछ मिनट माँगे और सोचने के बाद फॉर्म को न भरने का फैसला किया। उन्हें लगा कि इससे बेहतर तो मर जाना ही होगा। उन्हें अपनी पीड़ा का अंत कहीं नहीं दिख रहा था, तो उन्होंने यह तय किया कि वे अब इलाज नहीं करवाएँगे और कैंसर को पूरी तरह फैल ही जाने देंगे।

फिर बाबा ने पूछा कि उन्हें क्या लगता है कि उनकी भक्ति का स्तर क्या है।

"मैं एक बहुत ही मामूली पृष्ठभूमि से आता हूँ। मैं छात्र हूँ और मेरी कोई कमाई नहीं है। मुझे अपने भीतर की ताकत पर तो विश्वास है, लेकिन मैं ऐसा कुछ नहीं करूँगा जिससे मेरे परिवार पर कोई बोझ पड़े।"

बाबा इस बात पर मुस्करा दिए। उन्होंने कहा कि वे सुरेन्दर को ठीक तो कर देंगे, लेकिन शर्त यह है कि अगले आठ साल तक उन्हें अपने घर के बाहर कहीं का भी पानी पीने की मनाही होगी। भारत में जैसी गर्मी पड़ती है, उसके हिसाब से यह कठिन चुनौती थी।

बाबा सुरेन्दर से बोले, "पाँच रुपए अलग से निकाल कर रख दो। जब तुम ठीक हो जाओगे, तो एक गरीब और जरूरतमंद लड़की को गर्म कपड़ा दान कर देना।"

सुरेन्दर हर गुरुवार, शनिवार और एकादशी को पूजा में आने

लगे। पूजा के बाद माँ, बाऊजी को खाना खिलाती थीं और फिर एक घंटा अपने हाथों से सुरेन्दर के पैर में औषधीय तेल मलती थीं।

सुरेन्दर को शुरुआती तीन महीने तो विश्वास ही नहीं था कि वे ठीक हो पाएँगे, लेकिन वे ऐसा विश्वास करना चाहते थे क्योंकि माँ ही उनकी आखिरी उम्मीद थीं। बाबा ने माँ को पूजा की ज्योत से घी लेने को कहा और माँ सुरेन्दर के घावों पर वो घी मल देती थीं।

हर तीन हफ्ते पर माँ नारियल के तेल और ज्योत के घी को बदल-बदल कर उनके पैरों पर लगाती रहीं। एक माँ की तरह उन्होंने सुरेन्दर का लगातार आठ महीने तक खयाल रखा। धीरे-धीरे पस कम होता गया और पैरों की त्वचा लौटने लगी।

सुरेन्दर ने जब अपनी हालत में सुधार देखा, तो श्याम बाबा की ताकत में उसका विश्वास मजबूत हो गया। आखिरकार, दिसंबर 1972 में उन्हें बाबा के दर्शन हुए जिसने उनके विश्वास को बिल्कुल पक्का कर दिया। अगले फागुन मेला तीर्थ पर उनके पैर इतने ठीक हो गए थे कि वे माँ के साथ 17 किलोमीटर पैदल चलकर बाबा के मंदिर तक पहुँच गए।

उन्होंने हर मंगलवार निर्जला व्रत रहना शुरू कर दिया। बाबा के प्रति अपनी श्रद्धा दिखाने के लिए लगातार 53 हफ्तों तक उन्होंने यह व्रत रखा और अगले नौ साल तक उन्होंने घर से बाहर का पानी नहीं पीया।

सुरेन्दर ने कृतज्ञता में सभी तीर्थयात्रियों के लिए एक बस सेवा भी शुरू की। जो कोई अपने पैसे खर्च करके इसमें नहीं जा पाता था, वह दूसरों की मदद से चला जाता था। उन्होंने यह सेवा बीस साल तक जारी रखी।

मुझे याद है कि मैं सुरेन्दर को भक्ति में कैसे लीन देखती थी। वे रात भर एकादशी को ज्योत में घी डालते खड़े रहते थे। उन्होंने जब अपनी कहानी सुनाई, तो मैं माँ और बाबा में

उनकी आस्था को देखकर काफी प्रभावित हुई।

अपने अच्छे और बुरे दिनों में
परम सत्ता को बराबर याद रखना।

-माँ

❖

श्रीमती सुशीला शर्मा

मेरी मुलाकात श्रीमती सुशीला शर्मा नाम की एक ब्रह्मण महिला से हुई जो पारंपरिक पहनावा पहनती थीं। वे सामान्य जिंदगी जीती थीं, फिर भी वे एक समझदार और धार्मिक ब्राह्मण महिला थीं। हम लोग खाटू में इण्टरव्यू के लिए 2014 में मिले थे।

माँ से उनकी पहली मुलाकात 1996 में हुई थी। उनके पास तब न पैसा था, न खाने को खाना। वे अपने पति के साथ अत्यधिक गरीबी में थीं और उनके पास पालने को तीन बेटियाँ थीं। वे दिल्ली में रहते थे। उनका घर एकदम बदहाल था और वे घोर गरीबी में जीते थे। वे कभी भी किसी से मदद माँगने में विश्वास नहीं करती थीं और गरीबी में भी पूरे आत्मसम्मान से जीती थीं।

एक बार मानसून के दौरान उनके घर की छत गिरने लगी।

लोग उनकी मदद को आए और एक श्रद्धालु ने कहा कि उन्हें माँ का आशीर्वाद लेना चाहिए। उन्हें पता नहीं था कि उन्हें क्या माँगना चाहिए, फिर भी वे माँ के पास चली गईं। माँ के द्वारा बाबा ने उनसे कहा कि वे फागुन मेले के दौरान तीर्थयात्रा पर चलें।

उनके पास एक भी पैसा नहीं था। उन्होंने मन ही मन में सोचा कि ''बाबा ने तो मुझे जाने को कह दिया है। आखिर वहाँ जाने का 350 रुपये का टिकट मैं कैसे ले पाऊँगी। किसी से मदद माँगने मैं जाऊँगी नहीं क्योंकि यह मेरे उसूलों के खिलाफ होगा।''

माँ ने उनके मन को पढ़ लिया। वे बोलीं, ''परेशान मत हो। अपनी तैयारियाँ करो। टिकट का इंतजाम मैं कर दूंगी।''

माँ और अन्य भक्तों के साथ सुशीला तीर्थयात्रा पर गईं। वहाँ से लौटने के बाद उन्होंने अपने टूटे हुए घर के बारे में माँ को बताया। पहली मुलाकात में माँ को यह बताने में उन्हें बहुत संकोच हुआ था।

सुशीला ने कहा, ''मुझे डर है कि जिस दिन तेज हवा आएगी, हमारी छत गिर जाएगी और हम सब मारे जाएँगे।''

बाबा ने कहा, ''एकादशी तक उस पर काम शुरू कर दो।'' एकादशी दो हफ्ते बाद थी।

''मैं एक वक्त का खाना तो अपने परिवार को खिला नहीं पाती हूँ, फिर मकान की मरम्मत के बारे में कैसे सोचूँ।''

बाबा ने कहा, ''अगली एकादशी तक तुम्हारे मकान का काम शुरू हो जाएगा।''

एकादशी से दो दिन पहले एक अमीर आदमी उनके घर पर आया। वह पीले कुर्ते और सफेद धोती में था और उसके गले में गमछा था जिस पर ''जय श्री श्याम'' लिखा हुआ था। उसके माथे पर चंदन का टीका था और सिर पर उसने पगड़ी पहन रखी थी। उसके पास एक लाल झोला था जिसमें पैसे भरे हुए थे।

सुशीला चूंकि ब्राह्मण की पत्नी थी, तो उन्हें लगा कि उनके पति से मिलने कोई जजमान आया होगा। हो सकता है दान-दक्षिणा आदि देने आया हो। उन्होंने सिर पर पल्लू रखा और संकोच में कुछ नहीं कहा। वह नीचे ही देखती रही। उसकी बेटियों ने उनकी व्यक्ति को बैठने के लिए कहा।

उसने कहा, ''मैं बैठूँगा नहीं। मैं तो बस पैसे देने आया था। तुम्हारी अम्मा ने माँ से टूटी हुई छत की बात की थी और बताया था कि उसे बनवाने के लिए पैसे नहीं हैं। मैं उन्हीं का पैसा देने के लिए आया हूँ। उनसे कहो कि छत की मरम्मत अभी शुरू करवा दें।''

उसने अपना झोला खोला और रुपयों का गट्ठर निकाला। परिवार पैसे को देखकर अचंभित था। सुशीला की बेटियों ने उस शख्स का नाम पूछा।

उस रहस्यमय शख्स ने एक बेटी से कहा, ''मुझे माँ ने भेजा है। मैं तुम्हारी शादी में फिर आऊँगा।''

सुशीला अब तक ठगी-सी खड़ी थी। उसने कहा, ''मैं तो किसी को जानती तक नहीं हूँ, फिर मैं काम कैसे शुरू करवाऊँगी?''

उसने कहा, ''मैं कुछ लोगों को भेज दूँगा काम करने के लिए और वे लोग तुम्हारी जरूरत का सारा सामान ले आएँगे।''

वह भीतर से इतना भर गई थी कि उनसे कुछ बोला ही नहीं जा रहा था। उसने उन्हें फल, पेय और मिठाइयाँ भी दीं।

सुशीला ने उस व्यक्ति से यह कहते हुए कि उनके यहाँ सोफा नहीं है, बैठने की गुजारिश की।

उसने जाते-जाते कहा, ''मैं सोफा भिजवा दूँगा।''

अगले आठ महीनों तक कोई न कोई उनके घर में फल ले आता तो कोई अनाज दे जाता था। घर की मरम्मत के लिए लोग आ गए और कहीं कोई बाधा नहीं आई।

सुशीला जहाँ रहती थी, उस गली में बिजली नहीं थी। एक बिजली का खंबा जरूर था लेकिन बिजली लाने के लिए उन्हें सरकारी मंजूरी की दरकार थी।

एक दिन एक शख्स आया और बोला, ''बिजली के लिए तुम्हें प्रधानमंत्री कार्यालय की मुहर चाहिए होगी।''

उन दिनों अटल बिहारी वाजपेयी प्रधानमंत्री थे। उन्होंने

आवेदन प्राप्त करने के बाद तुरंत मंजूरी भेज दी और पूरी गली में बिजली आ गई। सुशीला की तो जिंदगी ही मानो बदल गई और उसकी खुशी का ठिकाना न रहा।

उसके पड़ोसियों ने कहा, ''इनके पास तो पेट भरने के लिए टुकड़े भी नहीं हुआ करते थे और अब देखो, इनका मकान भी बन गया है, बिजली भी है और तमाम तरह के पकवान भी बन रहे हैं। ये लोग इतने संपन्न कैसे हो गए?''

सुशीला ने माँ से बात की, ''मैंने तो सिर्फ 20,000 रुपये की बात की थी लेकिन आपने तो असीमित धन भेज दिया।''

एक बार मकान बन जाने के बाद खाने और पैसे का आना बंद हो गया। परिवार को तो पैसों की आदत पड़ गई थी, इसलिए जल्द ही उनके पास पैसे खत्म हो गए।

वक्त बीतता गया और सुशीला की पहली बेटी की शादी हुई। सुशीला के पति की जल्द ही मौत हो गई और उसके बाद दूसरी बेटी बीमारी में गुजर गई। वह वापस माँ के पास गई और बोली, ''मेरे पति तो अब रहे नहीं और मेरे पास अपनी तीसरी बेटी के ब्याह के लिए न तो पैसा है और न ही कोई संपर्क। मैं हमेशा से माँ की भूमिका में रही हूँ। अब मुझे समझ नहीं आ रहा कि घर कैसे चलाऊँ।''

बाबा ने जवाब दिया, ''चिंता मत करो। मैं मदद करूँगा। तुम्हारी तीसरी बेटी का भी ब्याह होगा और उसके लिए पति मैं खोजूँगा। वह आएगा और तुम्हारा खयाल रखेगा।''

तीन महीने में एक योग्य लड़का सुशीला के पास आया। सुशीला उसे लेकर माँ के पास गई।

माँ ने कहा, ''इसे बाबा ने भेजा है। अब यही तुम्हारा और तुम्हारे घर का खयाल रखेगा।'' बिना किसी बाधा के उसके ब्याह की तैयारियाँ हो गईं।

इस शादी में कई लोगों के साथ माँ भी आई। माँ और बाबा ने उसे आश्वस्त किया था कि उन्हें ऐसा दामाद मिलेगा

जो बेटे से भी बढ़कर होगा और उनका खयाल रखेगा। तब से कई बरस बीत गए। आज तक उनके दामाद और बेटी उनका खयाल रख रहे हैं। आज वे लोग सुख से जी रहे हैं।

सुशीला से मिलने से पहले नितिन मुझे उनकी कहानी सुना चुका था, उसके बावजूद सुशीला ने खुद जब अपनी कहानी सुनाई तो मैं चौंके बिना नहीं रह सकी।

सुशीला सात साल की उम्र से ही श्याम बाबा की पूजा कर रही थी। वह बचपन से ही श्याम बाबा के बारे में जानती थी और उनके करीब खुद को पाती थी। उनकी कहानी से मुझे अपनी कहानी याद आ गई कि मैं भी बचपन से ही माँ और बाबा के कितना करीब थी। इसीलिए उनके बचपन की कहानी सुनकर मुझे उनसे एक जुड़ाव महसूस हुआ और मैं उन्हें थोड़ा बेहतर ढंग से समझ पाई।

चमत्कार तभी होते हैं जब हम उनमें सच्चा विश्वास करते हैं, जैसा कि सुशीला के साथ हुआ। वह गाँव की एक सीधी-सादी सी महिला थी जिसे बाहरी दुनिया के बारे में कोई अंदाजा नहीं था, लेकिन पूरी दुनिया उनकी चौखट पर अपने आप आ गई। उन्होंने इस बात को स्वीकार किया कि वे आलसी हो गए थे और धीरे-धीरे उन्होंने सब कुछ खर्च कर दिया। मैंने कुछ और लोगों से भी बात की जिन्होंने सुशीला के संघर्ष को देखा था।

सुशीला ने अपनी कहानी के माध्यम से जिंदगी की अनंत संभावनाओं के दरवाजों को मेरे लिए खोलने का काम किया। कौन जानता है कि आगे क्या होने वाला है, और जब आपको हर ओर नाउम्मीदी नजर आ रही हो, तो अचानक आपके दरवाजे पर कोई मददगार दस्तक दे सकता है।

बाद में माँ ने सुशीला को बताया कि जो शख्स पैसे लेकर उनके पास आया था, वह खुद श्याम बाबा थे। उन्होंने ही उसकी जिंदगी को बदला है। सुशीला की अब भी चाहत है कि काश, उसने उनसे कुछ और बात की होती।

तुम्हारे विचार ही तुम्हारी नियति को तय करते हैं।
जो बोओगे, वही काटोगे।

-माँ

❖

राजेश शर्मा

मैं राजेश शर्मा से दिसंबर 2014 में मिली थी जब वे फरीदाबाद में माँ के दरबार आए थे। वे छत्तीसगढ़ के राजगढ़ निवासी हैं।

राजेश एक शांत, उदार और मीठा बोलने वाले सज्जन हैं।

वे हमेशा से श्याम बाबा के भक्त रहे हैं क्योंकि उनका परिवार पीढ़ियों से श्याम बाबा की पूजा करता रहा है और श्याम उनके इष्ट देवता हैं। उनकी आवाज बहुत मीठी है। वे श्याम बाबा के भजन गाते हैं।

बाद में उन्होंने भक्तों के लिए भजन गाकर और पैसे जुटाकर 2011 में राजगढ़ में बाबा का एक मंदिर भी बनवाया।

राजेश की जिंदगी अच्छी चल रही थी। उनकी शादी हो चुकी थी और वे अकाउंटेंट की एक स्थायी नौकरी कर रहे थे। बाबा के भजन गाने से उन्हें आध्यात्मिक खुशी मिलती थी, फिर भी राजेश और उनकी पत्नी दीपा की जिंदगी में एक कमी थी। उनकी कोई संतान नहीं थी। समय बीतता गया और बच्चे की ललक बढ़ती गई। उन्होंने डॉक्टरों की सलाह लेने का फैसला किया।

राजगढ़ में करवाए गए सारे परीक्षणों में यही बात सामने आई कि वे अपने सपनों का परिवार नहीं बसा सकते हैं। उन्होंने हार नहीं मानी। वे मुंबई गए ताकि वहाँ के डॉक्टरों की राय भी ली जा सके। वहाँ तमाम आधुनिक सुविधाएँ और विशेषज्ञ

डॉक्टर होने के बावजूद यही बात सामने आई कि उन्हें बच्चा नहीं हो सकता।

राजेश की बहन माँ और बाबा की भक्त थी और वह माँ के पड़ोस में ही रहती थी। वह अपने भाई की पीड़ा को देख नहीं पाई और उन्होंने राजेश को कहा कि एक बार वह आकर माँ से मिले। राजेश माँ से मिलने 1998 में आए थे।

राजेश ने जब माँ से अपनी मुलाकात का विवरण मुझे बताया, तो मैंने ध्यान दिया कि उनकी आँखों में चमक आ गई और चेहरा खुशी से दमकने लगा। वे माँ और मंदिर के दैवीय प्रभाव से इतना आकर्षित हुए कि उसके बाद हर महीने की एकादशी को वहाँ पूजा में आने लगे। वे वहाँ भजन गाते और और उन्हें माँ व बाबा की संगत में असीम शांति मिलती थी।

बाबा उनकी भक्ति से इतने प्रभावित हुए कि उन्होंने कहा, ''मैं तुम्हें एक नहीं बल्कि दो का वरदान देता हूँ।''

राजेश ने अपनी भक्ति जारी रखी और दो साल बाद उन्हें सन् 2000 में एक पुत्र रत्न की प्राप्ति हुई। यह बच्चा श्याम बाबा के चमत्कार और वरदान की देन था, सो उन्होंने बच्चे का नाम रखा श्याम।

राजेश माँ और बाबा की भक्ति में लीन रहे। बेटे के जन्म के ढाई साल बाद उन्हें एक बिटिया हुई।

राजेश और दीपा की तो खुशी सातवें आसमान पर थी। उनका परिवार अब भरा-पूरा था। वे माँ को अपनी कृतज्ञता जाहिर करने के लिए उनके पास पहुँचे।

माँ ने हंसते हुए कहा, ''तुम यहीं नहीं रुक सकते। बाबा ने तुम्हें दो का वरदान दिया था, उनका मतलब दो बेटों से था। तुम्हें एक और बेटा होगा।''

बाबा के जन्मदिवस के दिन उन्हें दूसरा बेटा हुआ। उसका नाम उन्होंने कपिल रखा।

राजेश इस वरदान से इतने कृतज्ञ और खुश हैं कि आज

वे और दीपा अपने बच्चों पर गर्व महसूस करते हैं। उनके बच्चे भी बहुत प्यारे, उदार और उनका खयाल रखने वाले हैं।

राजेश की आस्था और विनम्रता ने मुझे खास तौर से प्रभावित किया था।

कृतज्ञ और विनम्र बने रहो।
अपनी या दूसरों की उपलब्धियों का श्रेय मत लो।

–माँ

मीनल सपानी

मीनल और सुनील अस्सी के दशक से ही माँ और बाबा के भक्त रहे हैं। दरअसल, बाबा के आशीर्वाद से ही दोनों का मिलन हुआ था। माँ के तमाम भक्तों की तरह वे भी खुद को माँ की संतान मानते थे और माँ का प्यार व वरदान उन पर बरसता था।

सुनील सपानी के भाई की 20 जुलाई 2000 को बाईस साल की उम्र में एक हादसे में मौत हो गई थी। उनके परिवार को बहुत गहरा सदमा पहुँचा था। इस नुकसान से लड़ने का साहस हासिल करने के लिए वे खाटू चले गए।

श्याम बाबा ने जब माँ में प्रवेश किया तो बाबा सुनील से बोले, ''मैं भाई को खोने का तुम्हारा दर्द समझ सकता हूँ। मैं इसे बदल तो नहीं सकता लेकिन मैं तुम्हारा भाई तुमको लौटा दूँगा।'' वे लोग दुख में इतना घिरे हुए थे कि उन्होंने बाबा की इस बात पर ध्यान ही नहीं दिया। उन्हें लगा कि बाबा बस उन्हें

सांत्वना दे रहे थे। तीर्थ के बाद वे लोग फरीदाबाद लौट आए। सुनील की पत्नी मीनल इसके बाद अपने मायके चली गई और सुनील राजस्थान के बीकानेर लौट गए। सुनील की पत्नी कुछ दिन अपने माता-पिता के साथ रहना चाहती थी।

मीनल के माता-पिता माँ के भक्त थे और मीनल अपनी शादी के बहुत पहले से ही उनके साथ माँ के पास आया करती थी।

इस बार मीनल अपनी माँ के साथ फरीदाबाद माँ से मिलने गई। माँ ने उसे दरवाजे पर ही यह कहते हुए रोक दिया कि ''तुम गर्भवती हो''।

मीनल तो चौंक गई क्योंकि वह तो अपने मायके में रह रही थी और सुनील से मिले उसे बहुत दिन हो गये थे। मीनल ने ऐसी किसी भी संभावना से इनकार किया लेकिन माँ इस बात पर जोर देती रहीं कि वह गर्भवती है। मीनल अपने पति के पास गई और अपने डॉक्टर से मिली। डॉक्टर ने उन्हें यह कहते हुए लौटा दिया कि अभी इसका पता लगा पाना बहुत मुश्किल है क्योंकि ऐसा करना बहुत जल्दी होगी। कुछ सप्ताह बाद मीनल डॉक्टर के पास लौटकर गई। डॉक्टर ने कह दिया कि वह गर्भवती नहीं है। इन्होंने माँ को फोन लगाया लेकिन माँ अपनी बात पर कायम रहीं। इस दंपती को बहुत हैरानी हुई। दोनों भ्रमित हो गए। इन्होंने तीन बार अल्ट्रासाउंड करवाया था और हर बार यही साबित हुआ कि वह गर्भवती नहीं थी।

इधर मीनल की उत्तेजना बढ़ती ही जा रही थी, उधर डॉक्टर का गुस्सा बढ़ता जा रहा था। सुनील बहुत भ्रम में थे। उन्होंने माँ से मिलने का फैसला किया। माँ पूजा में बैठीं और श्याम बाबा ने कहा, ''चालीस गुलाबों वाली यह माला ले जाओ और मीनल को हर सुबह इसमें एक गुलाब खाने को दो। जब तक यह चलेगा, डॉक्टर के पास जाने की जरूरत नहीं है। चालीस दिन बाद ही डॉक्टर के पास जाना।''

चालीस दिन बाद मीनल डॉक्टर के पास गई।

डॉक्टर ने खुशी से कहा, ''बच्चा स्वस्थ तरीके से विकसित हो रहा है।''

डॉक्टर खुद बहुत अचरज में थी और उसने माना कि यह चमत्कार ही हो सकता है। मीनल जितने दिन गर्भवती रही, डॉक्टर उससे जिज्ञासा में पूछती रही कि माँ और बाबा ने इस बार क्या कहा है। माँ और बाबा में उसका विश्वास बढ़ता ही गया।

उन्हें जुलाई 2001 में एक लड़का हुआ। आज वह चौदह साल का है। सुनील ने जुलाई 2000 में अपने भाई को खोया था और जुलाई 2001 में उसे बेटा हुआ। उसके बेटे की सारी आदतें उसके भाई के जैसी थीं। बेटे को बाँहों में लेते हुए सुनील को हमेशा लगता है कि उसने अपने भाई को गले लगाया है।

उनकी कहानी से मुझे यह सबक मिलता है कि अपनी आस्था और धैर्य को बनाए रखें। हम जब कभी अपने इच्छित नतीजों को पाने के लिए हड़बड़ी करते हैं, तब हम खुद को तनाव में डालकर सिर्फ खुद को कष्ट पहुँचाते हैं।

मनुष्य योजनाएँ बनाता है, भगवान फैसले करता है। हम इंसानी दिमाग से हर चीज को समझने के काबिल नहीं हैं। सही समय आने पर स्पष्टता अपने आप आ जाएगी।

–माँ

अनीता की दूसरी जिंदगी

अनीता को 2009 में स्तन का कैंसर हुआ। उस वक्त वह पहले चरण में था। उसका ऑपरेशन किया गया। डॉक्टरों ने सर्जरी के

बाद उसे बहुत कठोर कीमोथेरपी दी ताकि कैंसर दोबारा लौटकर न आ सके।

जून 2010 में उसे पीलिया हो गया और वह बिगड़ता ही जा रहा था। डॉक्टरों ने जब उसका लिवर फंक्शन टेस्ट किया जिसमें एसजीओटी, एसजीपीटी, बिलिरुबिन और आल्बुमिन की जांच की जाती है, तो उसके नतीजे चौंकाने वाले थे। उन्हें पता लगा कि उसे लिवर सिरोसिस हो चुका था और यह कीमोथेरपी की वजह से हुआ था। उसका लिवर धीरे-धीरे सिकुड़ने लगा। चूंकि उसे कैंसर हो चुका था, इसलिए उसका लिवर प्रत्यारोपण करना संभव नहीं था और इसके अलावा लिवर का कोई और इलाज मौजूद नहीं था। फिर उसका वजन भी काफी तेजी से नीचे गिरने लगा।

डॉक्टरों की मानें तो उसके पास अब बस तीन महीने की जिंदगी और थी। उसके पूरे शरीर में पानी भर गया था। टेस्ट के दौरान अनीता की साँस उखड़ने लगी और वह बेचैन रहने लगी। उसे आईसीयू में ले जाया गया।

अनीता की छोटी बहन नीतू सनी भैया के पास गई और उसने अनीता को ठीक करने के लिए आग्रह किया। सनी भैया में श्याम बाबा ने प्रवेश किया।

बाबा बोले, ''वह कल सुबह नौ बजे तक आईसीयू से बाहर आ जाएगी। उसे पीने के लिए श्यामजल दे दो।''

नीतू श्यामजल लेकर अनीता के पास गई और उसे पिलाया।

उस रात अनीता को अपने कमरे में रोशनी की तेज किरणें दिखाई दीं और अगली सुबह डॉक्टरों ने आश्चर्यजनक तरीके से उसकी हालत में सुधार पाया। सुबह साढ़े आठ बजे उसे आईसीयू से सामान्य कमरे में ले जाया गया जहाँ उसके और टेस्ट होने थे।

डॉक्टर अनीता को लेकर सारी उम्मीद छोड़ चुके थे। उसके शरीर में पानी भर चुका था। उन्होंने उसे अस्पताल से छोड़ दिया और घर भेज दिया। उसके पति और दोनों बच्चे हताश

थे और खुद को निस्सहाय महसूस कर रहे थे। वह खुद से उठकर चल-फिर पाने में असमर्थ थी। किसी को उसे सहारा देकर उठाना पड़ता था।

एक रात की बात है जब अनीता बहुत रो रही थी। वह इस बात से चिंतित थी कि अब आगे क्या होगा। उसे अपनी बेटी नेहा को लेकर सबसे ज्यादा चिंता थी। अनीता चाहती थी कि उसके जीते जी नेहा की शादी हो जाती और उसका घर बस जाता।

आखिरकार अनीता को नींद आ गई। वह याद करते हुए बताती है कि आधी रात को माँ ने उससे बात की।

''उठो बेबी, बाथरूम चलो।''

माँ ने अनीता का हाथ पकड़ा और उसे बाथरूम ले गई। रात में तीन-चार बार माँ ने ऐसा किया।

अनीता ने सोए में ही कहा, ''माँ, मुझे अब और बाथरूम जाने की जरूरत नहीं है।''

यह बातचीत सुनकर अनीता के बगल में सो रही उसकी बेटी नेहा नींद से उठ गई।

''मम्मी, तुम किससे बात कर रही थी?''

''मैं माँ से बात कर रही हूँ।''

''लेकिन माँ तो बहुत पहले गुजर चुकीं, मम्मी।''

अनीता ने बताया कि माँ उसे लेकर रात में तीन-चार बार बाथरूम गई थीं। घर में हर कोई हैरत में था क्योंकि अनीता अपने आप उठ पाने में असमर्थ थी, अकेले बाथरूम जाना तो दूर की बात रही।

डॉक्टरों की सलाह के मुताबिक वे लोग अस्पताल गए ताकि उसके शरीर से पानी निकाला जा सके और उसके आखिरी महीने कुछ आराम से गुजरें।

वह अस्पताल के बिस्तर पर लेटी हुई थी। उसके शरीर से पानी निकालने के लिए सारी मशीनें लगा दी गई थीं। आश्चर्य

की बात है कि उसके शरीर से बिलकुल भी पानी नहीं निकला। उसके शरीर में अतिरिक्त पानी था ही नहीं। डॉक्टर चौंक गए।

उसके बाद वह ठीक होने लगी। उसका बिलिरुबिन का स्तर नीचे गिरने लगा। तीन महीने के भीतर एसजीओटी, एसजीपीटी, बिलिरुबिन और आल्बुमिन सभी का स्तर सामान्य पर आ गया। उसका वजन भी ठीक होने लगा।

नेहा की शादी 2014 में हुई। मैंने सभी को दोपहर के खाने पर न्योता दिया। पाँच साल बाद आज अनीता बिलकुल ठीक है और हमेशा की तरह सकारात्मक, उदार हृदय वाली एक प्यारी महिला है।

अपने विचारों को शुद्ध और अच्छा रखो।
हमेशा अपना नैतिक स्तर ऊँचा रखो।

−माँ

अंगना माहेश्वरी

मेरी बेटी अंगना जब 2009 में पंद्रह साल की हुई तो उसके चेहरे पर भी मुँहासों का वैसा ही हमला हुआ जैसा मैंने सत्ताईस साल पहले झेला था। इसने उसका आत्मविश्वास पूरी तरह तोड़ दिया। वह अकेली रहने लगी और सिर झुकाकर चलने लगी। मैं उसे ऐसी हालत में देखकर बहुत दुखी थी।

मैं माँ के मंदिर में गई और उनके पोते सनी भैया ने कहा, ''दीदी, बस दो साल इंतजार करो और अंगना आकाश को छुएगी।''

सनी भैया के माध्यम से प्रकट हुए श्याम बाबा ने कहा,

''उसका खयाल मैं रखूंगा। वह बिलकुल ठीक हो जाएगी।''

उसे श्यामजल दिया गया और माँ ने अपनी दुनिया से उस पर आशीर्वाद बरसाया।

उस रात अंगना को अपने कमरे में माँ की मौजूदगी और संरक्षण का अहसास हुआ।

धीरे-धीरे अंगना ठीक होने लगी और उसका आत्मविश्वास वापस आने लगा। उसने 2011 में इंटरनेशन बैक्लॉरेट प्रोग्राम का सामना करने की चुनौती उठाई। अपने नए स्कूल में वह स्टूडेंट काउंसिल के चुनाव में खड़ी हुई जहाँ उसे कोई नहीं जानता था। छात्रों और शिक्षकों के सामने भाषण देने और अपने ऊपर बने एक वीडियो का प्रदर्शन करने के बाद उसे खूब सराहना मिली और उसकी जीत हुई।

अंगना का चेहरा मुँहासों से बिलकुल साफ हो गया। यह सब दो साल के भीतर हुआ, जैसा कि सनी भैया ने कहा था।

आज वह न्यूयॉर्क विश्वविद्यालय में मीडिया कल्चर एंड कम्युनिकेशंस की पढ़ाई कर रही है। जिन रिश्तेदारों और दोस्तों ने अंगना को उस तकलीफ में देखा था, वे अंगना में आए इस बदलाव को देखकर आश्चर्यचकित हैं।

मैंने जब श्याम बाबा से उसे पढ़ाई के लिए विदेश भेजने पर अपनी चिंता जाहिर की, तो उन्होंने कहा, ''वह जहाँ कहीं भी पढ़ने जाएगी, मैं उसके साथ रहूँगा।''

अंगना ने पूरी मेहनत और समर्पण से पढ़ाई जारी रखी। उसने पूरी आस्था, उम्मीद और संकल्प के साथ बेहतर जीवन की ओर अपना प्रयास जारी रखा।

चमत्कार तभी होते हैं जब हम उसे श्रद्धा से स्वीकारते हैं और अपने लक्ष्य के प्रति ईमानदारी से काम भी करते हैं। अंगना स्कूल के दिनों से ही न्यूयॉर्क यूनिवर्सिटी में पढ़ना चाहती थी। उसने अपने सपने को संपूर्ण आस्था के साथ पूरा किया।

चमत्कार तभी होते हैं जब हम उन पर विश्वास करके उनका
साथ देते हैं।

–माँ

सनी भैया और नितिन का हादसा

सनी भैया, नितिन और उसका भाई सुमित खाटू से दिल्ली गाड़ी
से आ रहे थे। वह 5 जनवरी 2012 की सुबह थी जब उनकी
कार हादसे का शिकार हो गई। नितिन स्टीयरिंग के पीछे फँस
गए थे। एक व्यक्ति कहीं से आया और उसने दरवाजा खोलकर
सीट को पीछे धकेला। सनी भैया और सुमित बड़ी मुश्किल से
रेंगकर बाहर निकल सके और उन्होंने सावधानी से नितिन को
बाहर निकाला। उसके चेहरे और छाती में काँच घुस गया था।

बाबा ने सनी भैया से कहा, ''नितिन ठीक हो जाएगा।''

नितिन की हालत नाजुक थी। सनी भैया ने नितिन का कुर्ता
फाड़कर उसके शरीर से काँच बाहर निकाला। फिर उन्होंने एक
एम्बुलेंस बुलाई जो बहुत जल्दी वहाँ पहुँच गई।

काँच के टुकड़े सनी भैया की आँखों में घुस गए थे।

सनी भैया की जाँच करने वाला डॉक्टर बोला, ''अगर जख्म
के एक बाल ऊपर काँच घुसा होता तो आपकी आँख चली
गई होती।''

डॉक्टरों का मानना था कि नितिन के बचने की कोई उम्मीद
नहीं है इसलिए उन्होंने पहले सनी भैया का इलाज किया। नितिन
का पूरा शरीर तकरीबन सुन्न पड़ चुका था।

सनी भैया ने पूछा, ''नितिन, तुम जिंदा हो।''

नितिन ने बेहोशी में कहा, ''हम्म...''

वे उन्हें दिल्ली के मेदांता अस्पताल की क्रिटिकल केयर यूनिट में लेकर गए। वहाँ डॉक्टरों ने उनकी जांच की और जवाब दे दिया क्योंकि उनका ब्लड प्रेशर बहुत नीचे गिर गया था और साँस की रीडिंग 7 पर थी (जो कोमा में पड़े किसी व्यक्ति से भी कम थी)।

इस हादसे की खबर खाटू के मंदिर तक पहुँच चुकी थी। खाटू के मंदिर के पुरोहित ने नितिन के लिए एक भक्त को एक पार्सल देकर भेजा। पुरोहित ने कहा था कि इस पार्सल को वह नितिन की तकिया के नीचे रख दे। जैसे ही भक्त ने उस पार्सल को नितिन की तकिया के नीचे रखा, उसका ब्लड प्रेशर 120/80 पर अचानक पहुँच गया और साँस की रीडिंग 7 से अचानक 22 पर आ गई (जो सामान्य होता है)। इसके बावजूद वह अब तक गंभीर हालत में था क्योंकि चोट बहुत लग चुकी थी और खून शरीर के भीतर से रिस रहा था।

भक्तों ने नितिन के लिए पूजा की और अगले चौबीस घंटे के भीतर खून का रिसाव रुक गया। सर्जरी शुरू करने से पहले डॉक्टरों का अंदाजा था कि पहले उसके दिमाग का ऑपरेशन करना होगा।

इसी दौरान नितिन के एक अंकल वहाँ डॉक्टरों से बात करने आए जो खुद एम्स में डॉक्टर थे।

बाबा ने उसके अंकल को सनी भैया के माध्यम से बताया था, ''दिमाग को छूने की जरूरत नहीं होगी। इस पैकेट को लेकर ऑपरेशन थिएटर के भीतर जाओ।''

''मुझे ऑपरेशन थिएटर में नहीं जाने दिया जाएगा।''

''बस भीतर चले जाओ, तुम्हें कोई नहीं रोकेगा।''

''मस्तिष्क के विशेषज्ञों और दूसरे सर्जनों के बीच मैं ऑपरेशन थिएटर में भला कैसे जा सकता हूँ?''

फिर उन्होंने सर्जनों से केस के बारे में कुछ बात की और

उनके साथ ऑपरेशन थिएटर के भीतर चले गए। किसी ने भी उन्हें जाने से नहीं रोका।

ऑपरेशन थिएटर में डॉक्टरों ने तय किया कि वे धमनी तक मस्तिष्क के रास्ते नहीं बल्कि नाक की हड्डी के रास्ते पहुँचेंगे। मस्तिष्क की सर्जरी को छोड़ दिया गया था। डॉक्टरों ने नितिन का तेरह घंटे तक ऑपरेशन किया।

उस दौरान बाबा सनी भैया के माध्यम से प्रकट होते रहे और परिवार के लोगों व भक्तों को लगातार बताते रहे कि ऑपरेशन थिएटर के भीतर नितिन के साथ क्या हो रहा है। सर्जरी के बाद अंकल बाहर आए, सनी भैया के सामने दण्डवत लेट गए और बोले, ''जय हो श्याम बाबा! मैंने अभी-अभी जो देखा है, वह चमत्कार है।''

मेदांता के सर्जन बाहर आकर बोले, ''हम लोग ईश्वर में तो विश्वास करते हैं लेकिन चमत्कारों में विश्वास नहीं करते, पर आज कुछ तो ऐसा था जो कहीं और से नितिन का खयाल रख रहा था क्योंकि उनका केस तकरीबन असंभव था।''

कभी भी अकेला या निस्सहाय मत महसूस करो। याद रखो,
श्याम बाबा हमेशा तुम्हारे साथ हैं। भरोसा और धैर्य रखो।

–माँ

देवकी जिंदल

माँ के एक अनन्य भक्त विनोद जिंदल बहुत खुश थे क्योंकि उनके बेटे सुमित और बहू वनिता को 2011 में पहला बच्चा होने वाला था। 7 मार्च 2011 को वनिता को पेट में बहुत दर्द

हुआ और सनी भैया के सुझाव पर वे अस्पताल में जाँच कराने गई। बाबा का इस बात पर जोर था कि वनिता को अस्पताल जाना चाहिए।

वनिता अपनी महिला डॉक्टर के पास गई। उसने बताया कि सब कुछ ठीक है। उसने दर्द की कुछ गोलियाँ दे दीं। बाबा का कहना था कि बच्चा संकट में है और उस पर तुरंत ध्यान दिए जाने की जरूरत है।

अगले दिन रात नौ बजे के आसपास इस दंपत्ती को सनी भैया का फोन आया। उन्होंने बताया, ''वनिता को तुरंत डॉक्टर के पास ले जाओ, लेकिन ध्यान रहे कि उसे अपने डॉक्टर के पास मत ले जाना। किसी दूसरे डॉक्टर के पास ले जाओ क्योंकि बच्चे की दिल की धड़कन धीरे चल रही है और अगर जरूरत पड़े तो प्रसव के लिए उसका ऑपरेशन करवा देना।''

वनिता एक महिला डॉक्टर के पास गई जो उसकी मामी थीं। उसने बाबा के कहे के बारे में उन्हें बताया। डॉक्टर ने जब बच्चे के दिल की धड़कन जाँची, तो उसने पाया कि वह थमती जा रही है।

वनिता को लेबर रूम में ले जाया गया, जहाँ जाँच के बाद पता चला कि भ्रूण पूरी तरह विकसित हो चुका था और उसे पहले ही प्रसव का दर्द उठ गया था। बाद में डॉक्टर ने पाया कि बच्चे के दिल की धड़कन असामान्य रूप से धीमी है। प्रसव आगे नहीं बढ़ पा रहा था।

तुरंत उसकी सर्जरी की गई। सर्जरी के दौरान पाया गया कि बच्चे के आसपास कोई उल्बी द्रव्य (पानी) नहीं है।

डॉक्टर ने कहा, ''यह तो चमत्कार ही था कि पानी नहीं होने के बावजूद बच्चा बच गया।''

बाबा के आशीर्वाद से वनिता को बच्ची हुई जिसका नाम देवकी रखा गया। यह नाम उसे बाबा ने फागुन मेले की तीर्थयात्रा के दौरान दिया।

कृतज्ञता के साथ जीने से आप ज्यादा संतुष्ट रहते हैं।
संतोष से भीतर का सुख और शांति आती है।

–माँ

कोमल जैन

मैं 2014 की खाटू तीर्थयात्रा के दौरान माँ की कृपा से जुड़ी और कहानियों को तलाश रही थी। नितिन ने मुझे कोमल जैन से बात करने को कहा। उसके मुताबिक माँ की कृपा से कोमल जैन के जीवन का कायाकल्प हो गया था।

लंदन लौटते ही मैंने कोमल को फोन किया जो उस वक्त अपनी मासी के यहाँ दिल्ली में थीं।

मैंने जब अपना परिचय उसे दिया, तो वे अपनी कहानी मुझसे साझा करने को जोश से तैयार हो गईं। वे अपने जिंदगी के सफर के बारे में खुल के बात करने को तैयार थीं। उनका स्वर बहुत उत्सुक और सकारात्मक था और उनकी आवाज में मासूमियत व विनम्रता थी।

मुझे लगा कि पचीस साल की एक युवती होने के नाते उसके लिए यह बहुत परिपक्वता वाली बात होगी कि वे अपने सबसे कठिन दिनों और उन पर पाई जीत के बारे में मुझसे बात करने जा रही हैं।

उनका इण्टरव्यू पूरा करने के बाद मैंने खुद को काफी प्रेरित और विनम्र महसूस किया। मुझे बहुत संतोष हुआ कि माँ के भक्तों को तलाश कर उनके अनुभवों को साझा करने का मैं एक सार्थक प्रयत्न कर रही हूँ जिससे मेरी आस्था और भी

मजबूत होती जा रही है।

कोमल का जब जन्म हुआ था, तब उनकी नजर बहुत कमजोर थी, दूर की नजर खराब थी और रोशनी से उन्हें डर लगता था। उनसे सूरज की रोशनी बर्दाश्त नहीं होती थी। उनके माता-पिता ने उन्हें सबसे अच्छा इलाज दिलवाने की कोशिश की। वे भारत के सबसे अच्छे आँख के अस्पतालों में गए, हालाँकि किसी भी डॉक्टर को यह समझ में नहीं आया कि उनके साथ क्या दिक्कत है।

यह स्थिति उनके और उनके माता-पिता के लिए बहुत निराशाजनक थी। कोमल के भीतर का आत्मविश्वास बहुत कम हो गया था और एक भय व असुरक्षा उसके भीतर घर कर गए थे। उसकी मदद के लिए कोमल के स्कूल में उसकी मासी कीर्ति सिंह पढ़ाने का काम करने लगीं। वे कोमल का हाथ पकड़कर स्कूल ले जाती थीं और स्कूल के भीतर हर कहीं उसके साथ ही होती थीं।

उसकी मासी भी श्याम बाबा की भक्त थीं। आखिरकार वे 2003 में कोमल को लेकर माँ के पास आईं।

बाबा बोले, ''मैं तुम्हारी मदद करूँगा। तुम अमेरिका जाओगी और मैं भी तुम्हारे साथ चलूँगा।''

उन्हें तो विश्वास ही नहीं हुआ। कोमल अपने परिवार पर इतना निर्भर थी कि वह घर के आसपास कहीं भी जाने का नहीं सोच सकती थी, अमेरिका जाना तो बहुत दूर की बात थी।

माँ ने उसे हथेली भर की एक छोटी-सी घी की डिबिया दी जिसका घी उसे रोज आँखों की पलकों पर लगाना था। उसके बाद से कोमल लगातार अपनी आँखों पर उस डिब्बे का घी लगा रही हैं। आज तक वह घी खत्म नहीं हुआ है।

धीरे-धीरे कोमल की नजर में सुधार हुआ और उसने अपनी पढ़ाई में खुद को झोंक दिया। जैसे-जैसे उसकी दृष्टि ठीक होती गई, कोमल की आस्था भी बढ़ती गई। उसने कामयाब होने की

ठान रखी थी। उसे एक आत्मनिर्भर महिला बनना था।

इस दौरान माँ गुज़र गईं। अब तक कोमल की माँ और बाबा में आस्था इतनी गहरी हो चुकी थी कि वे जानती थीं कि वे उनके साथ ही रहेंगे, कहीं नहीं जाएँगे। हाईस्कूल की परीक्षा में उसने शानदार प्रदर्शन किया। उसने अपने जिले में सबसे अधिक नंबर प्राप्त किया और अव्वल रही। कोमल के लिए तो यह माँ और बाबा के सहारे रहने से पैदा हुए आत्मविश्वास और सुरक्षा का फल था।

उसे अहमदाबाद के नेशनल लॉ स्कूल में दाखिला मिल गया और वहाँ से उसने एलएलबी की पढ़ाई पूरी की। लॉ स्कूल ने उसे एक प्रतियोगिता में अमेरिका भेजा जहाँ वह तीसरे स्थान पर आई। भारत लौटने के बाद उसने अपना एलएलएम पूरा किया और अब जयपुर में कानून के छात्रों को पढ़ा रही है।

मैंने जब उनसे बात की, तो सबसे अहम बात जो खुलकर सामने आई, वह माँ और बाबा में उनकी आस्था थी। माँ से उसकी मुलाकात बस एक बार की थी लेकिन इतने भर से उसकी आस्था इतनी गहरी हो गई कि वह अब भी माँ की तस्वीर से आशीर्वाद लेती है और माँ की कृपा से सारी बाधाओं को दूर करने की उन्होंने ठान रखी है।

तरक्की के लिए शिक्षा बहुत अहम औजार है।
हम जितना ज्ञान साझा करेंगे, वह उतना ही बढ़ता जाएगा

-माँ

❖

माँ की दैवीय मौजूदगी

मेरे लिए कोमल की कहानी इस बात का स्पष्ट उदाहरण थी कि माँ किस तरह दैवीय स्तर से अपने भक्तों की मदद करती रहती हैं। उनके भक्त आज भी उनकी मौजूदगी को महसूस करते हैं और अक्सर उन्हें भीतर से ही दिशा निर्देश प्राप्त होते हैं। तकरीबन सभी भक्त जिनसे मैं इस शोध के दौरान मिली थी, उन्होंने बताया कि वे धरती पर माँ की मौजूदगी की कितनी कमी महसूस करते हैं, इसके बावजूद इनमें से अधिकतर लोग ध्यान और तस्वीरों के माध्यम से माँ के साथ जुड़े रहते हैं।

माँ की व्यापकता और उनका प्यार ऐसा है कि उन्हें अपनी देह छोड़े दस साल हो गए, लेकिन आज भी उनकी तस्वीरों से ऊर्जा और उष्मा निकलती है जो भ्रम, कष्ट और असुरक्षा को दूर कर देती है। उनकी तस्वीरों से आशा और देवत्व प्रसारित होता है। उनकी मुस्कान परेशान दिमाग को तुरंत राहत पहुँचाती है।

माँ अनंत हैं। माँ असीम हैं।

आस्था बनाए रखो, सब कुछ ठीक रहेगा।

–माँ

सत्रहवां अध्याय

श्याम बाबा द्वारा माँ का वर्णन

मैं माँ के मंदिर में दिसंबर 2014 में गई थी। पूजा के दौरान बाबा सनी भैया के माध्यम से आए। उन्होंने माँ की जिंदगी को पुस्तक के माध्यम से पुष्पांजलि देने की मेरी योजना को अपना आशीर्वाद दिया।

श्याम बाबा ने माँ का वर्णन कुछ ऐसे किया:

माँ एक कल्पवृक्ष की तरह थीं, एक ऐसा वृक्ष जो खुलकर सिर्फ बाँटता है। उसमें दैवीय ताकत होती है और उसके देने की क्षमता असीमित होती है। वे लोगों को देती रहती थीं और लोग अपने-अपने तरीके से उनसे लेते रहते थे। कुछ लोग प्यार से फल चुनते थे, तो कुछ लोग फल पाने के लिए पेड़ को हिला देते थे। कोई कैसा भी नजरिया और बरताव रखे, माँ बिना दुभात के दूसरों को बस फल देती रहती थीं। वे अपनी दैवीय मुस्कान और विनम्रता से हर किसी को आशीर्वाद देती थीं।

माँ एक दुर्लभ भक्त हैं। मैं उन्हें सर्वोच्च सम्मान और अहमियत

देता हूँ। वह मेरी भी माँ हैं। मैंने उन्हें शीश पर धारण किया है। उनकी असली जगह वही है। उन्होंने सबके लिए इतना कुछ किया है कि मैं अपने प्रति उनके निस्वार्थ समर्पण और भावना के चलते खुद को उनका कर्जदार मानता हूँ।

माँ का हृदय कमल के पत्ते के जैसा था। कमल कीचड़ में खिलता है फिर भी फूल देता है और अपनी खुशबू छोड़ जाता है। तमाम कठिन हालात में भी उन्होंने मुझे संपूर्ण शुद्धता और भक्ति के साथ संभाले रखा। उन्होंने असीमित प्रेम और करुणा का विस्तार किया जबकि बदले में किसी से उन्होंने कोई उम्मीद नहीं पाली।

उनकी सबसे बड़ी ताकत यह थी कि वे भले ही इस दुनिया में थीं, लेकिन वे कभी भी इस दुनिया का हिस्सा नहीं बनीं। उन्होंने अपने सारे किरदार पूरी ईमानदारी से निभाए, लेकिन वे कभी भी इस जगत के मोह में नहीं पड़ीं। वे मनुष्य थीं, लेकिन वे इस धरती पर मेरा ही विस्तार बन कर रहीं। उन्होंने खुद को संसार के दलदल में कभी डूबने नहीं दिया।

कमल के पत्तों पर ओस की चमकदार बूँदें होती हैं। वे उन्हीं को दिखती हैं जो ध्यान से देख पाते हैं। पत्ता उन बूँदों को बड़ी शांति से अपने में समेटे रहता है। माँ अपने सुख और दुख को अपने दिल में कुछ इसी तरह समेटे हुए रहती थीं। अगर आप उन्हें जानना चाहते हों, तो आपको उनके दिल में उतर कर देखना पड़ेगा। चूंकि वे किसी से कभी कोई उम्मीद नहीं करती थीं, इसलिए बिना किसी गिले-शिकवे के वे खुशी-खुशी सबको देती रहती थीं। वे दूसरों के साथ अपने व्यवहार में हमेशा समान रहती थीं और उसमें केवल प्यार, उदारता, क्षमाभाव और करुणा का भाव रहता था।

माँ अन्नपूर्णा थीं। वे अपने तमाम भक्तों की रसोइयों को अपने आशीर्वाद से भर देती थीं। वे लक्ष्मी थीं, धन की देवी, क्योंकि वे अपने हजारों भक्तों की समृद्धि का खयाल रखती थीं

जो आज संपन्न जीवन जी रहे हैं। वे सरस्वती थीं, ज्ञान की देवी, उन लोगों के लिए जिन्हें उनके आशीर्वाद से जुबान मिली। उन्होंने जाने कितने गूंगे लोगों को बोलना सिखाया। जब-जब अपने भक्तों के जीवन से विष बाहर निकाल कर उन्हें शुद्ध करने की जरूरत पड़ी, तो माँ अपने भक्तों के लिए शिव बन गईं। अपने बड़े परिवार और अपने भक्तों के और विशाल परिवार की जरूरतों को पूरा कर के माँ ने विष्णु की भी भूमिका निभाई। इतने सारे भक्तों की नियति को बदल कर माँ ने ब्रह्मा की भी भूमिका निभायी। उन्होंने अक्सर अपने भक्तों के कष्टों को अपने ऊपर लेकर उनकी जिंदगी की पीड़ा को कम कर दिया। उन्होंने कितने सारे चमत्कार किए।

माँ दैवीय शक्ति थीं जो बस मनुष्य का जीवन लेकर इस दुनिया में अपनी जिम्मेदारियाँ पूरी कर रही थीं। उन्होंने पुरुष और स्त्री दोनों की भूमिका एक साथ निभायी। वे संपूर्ण थीं, स्वतंत्र थीं और समग्र थीं।

पूरी ईमानदारी से अपने कर्तव्य पूरे करो और अपनी जिम्मेदारियाँ निभाओ, बाकी बाबा के जिम्मे छोड़ दो

–माँ

अंतिम विचार

इस किताब को लिखने की प्रक्रिया में मैंने माँ के ज्ञान, अनुभव और उनकी दी हुई शिक्षा के बारे में गहराई से विचार करना शुरू किया, जिसने मुझे रास्ता दिखाया है और जिसकी वजह से आज मेरा यह वजूद है। मुझे यह अहसास हुआ कि कुछ समय ऐसा था जब मैं उनकी गैर-मौजूदगी को लेकर इतना दुखी रही कि उनके रहने के दौरान उनसे मुझे मिली खुशी पर ध्यान ही नहीं दे पाई। यह खुशी उनके जाने के बाद भी आज तक कायम है।

मैंने यह सीखा है कि हमारे पास आज जो कुछ है, उसका हमें जश्न मनाना चाहिए और खुद को मिले आशीर्वाद की याद करनी चाहिए जिन्हें अक्सर जाने-अनजाने में हम भूल जाते हैं। उनके गुजरने के बाद मैं जिस पीड़ा से गुजरी थी, मैं उसी में अटक कर रह गई थी। इसके कारण वर्तमान में जीने का मौका मैंने कुछ समय तक गँवा दिया था। आज मैं माँ को अपने एक अंश के तौर पर अपने हृदय में धारण किए हुए जीना सीख रही हूँ। मैं जानती हूँ कि हमेशा मैं अपने भीतर मौजूद माँ से

प्रेम और निर्देश प्राप्त कर सकती हूँ। मुझे इस बात का विश्वास हो रहा है कि जब मैं खुद को वक्त दूँगी, तो मेरे सवालों के जवाब अपने आप मुझ तक चल कर आ जाएगा। इसके लिए ज्यादा स्थिरता, समय और शांति की जरूरत होगी ताकि मैं खुद पर ज्यादा भरोसा कर सकूँ और अपने भीतर की आवाज को सुनते हुए उसकी बताई राह पर चल सकूँ।

गलतियाँ इंसान से ही होती हैं। हम सब इंसानी देह के भीतर बसी आत्माएँ हैं। आत्मा की उन्नति के लिए हर किस्म की भावनाओं को महसूस करना आवश्यक है और इसी से मनुष्य का विकास होता है। भावनाएँ दबाने के लिए नहीं, महसूस करने के लिए होती हैं। हमें कष्ट तब होता है, जब हम भावनाओं का दमन कर देते हैं या फिर मोह में पड़कर भावनाओं के आधार पर ही अपनी पहचान करने लगते हैं। लोगों के प्रति माँ कभी अंतिम धारणा नहीं बनाती थी और सबको खुले मन से स्वीकार करती थीं। उनका यही नजरिया लोगों को उनके सामने खुलकर अपनी भावनाएँ जाहिर करने का मौका देता था। मुझे लगता है कि हम यदि अपनी भावनाओं का सच्चा सम्मान करें और कोई अंतिम धारणा अपने बारे में न बनाएँ, तो हम अपना और अपने आसपास मौजूद दूसरे लोगों का उपचार करने में बहुत कारगर साबित हो सकते हैं।

हम सभी के कुछ मजबूत, तो कुछ कमजोर पक्ष होते हैं। हमारे शरीर में सात चक्र होते हैं। ये चक्र ऊर्जा का केन्द्र होते हैं। उदाहरण के तौर पर, हम में से कुछ लोग ज्यादा आध्यात्मिक झुकाव वाले होते हैं। ऐसे लोगों का ब्रह्मचक्र मजबूत होता है। कुछ लोगों को घटनाओं का पहले से आभास हो जाता है। ऐसे लोगों में अतीन्द्रिय या जिसे तीसरी आँख कहा जाता है, वह मजबूत होती है। कुछ लोग ज्यादा अभिव्यक्त कर पाते हैं, तो कुछ लोग बहुत प्रेमी किस्म के होते हैं। प्रेमी लोगों का हृदय चक्र मजबूत होता है। कुछ लोगों की इच्छाशक्ति बड़ी मजबूत

होती है। ऐसे लोगों का सौर चक्र मजबूत होता है। कुछ लोग संबंध निभाने में बहुत ताकतवर होते हैं जबकि कुछ लोग बड़े जमीनी होते हैं (मूल चक्र)।

माँ सभी आयामों में संपूर्ण थीं। मैं जितने लोगों से आज तक मिली हूँ, उनमें वे सबसे ज्यादा जमीनी और स्थिर शख्स थीं। साथ ही, उनसे ज्यादा आध्यात्मिक और चीजों का पहले से आभास कर लेने वाले किसी व्यक्ति को मैं नहीं जानती। वे सच्चाई से बोलती थीं, उनका हृदय बहुत विशाल था और उनकी इच्छाशक्ति का तो कोई जोड़ ही नहीं था, जिसके सहारे उन्होंने अपनी जिंदगी बिताई थी। इस वास्तविक जगत में वे एक योगी की तरह जीवन जीती रहीं और सारी जिम्मेदारियाँ ईमानदारी से पूरी करती रहीं। उन्होंने बाधाओं का सामना खुशी–खुशी किया और वे बिना शर्त हम में से हरेक के उजले और अंधेरे पहलू को गले लगाती थीं। यह उनके व्यक्तित्व की अखंडता का सबूत था।

इस प्रक्रिया के दौरान मैंने अपने भीतर उतरकर यह जानने की कोशिश की कि आखिर मैं अपने ऊर्जा केन्द्रों के बीच संतुलन कैसे बैठा सकती हूँ और अपनी चेतना को कैसे विस्तार दे सकती हूँ। मैंने पाया कि इसके कुछ बहुत सहज और प्रभावशाली तरीके हैं, जैसे सजग रहना, योग करना, ध्यान करना, प्रेरक पुस्तकें पढ़ना, प्रकृति के बीच टहलना, शरीर का मसाज करवाना, स्वस्थ खुराक लेना और इन सबसे कहीं ज्यादा अहम अपने दोस्तों व परिवार के साथ मिलजुल कर दिल खोलकर साथ हँसना। जिंदगी बहुत सहज और खूबसूरत है। अगर हम उसकी सहजता की तलाश कर सकें, तो हम सब मिलकर इस दुनिया को रहने लायक, ज्यादा खूबसूरत और प्रेम से युक्त बना सकते हैं।

माँ, आपने जिस तरीके से क्षमा, स्वीकार्यता और समर्पण का जीवन जीते हुए एक उदाहरण पेश किया है और बिना किसी शर्त के पूरे प्रेम के साथ इन गुणों से हमें सींचा है, इसके लिए आपके प्रेम के हम आभारी हैं। आपने हम सभी को आस्था और

प्यार के धागे में पिरो कर एक कर दिया है। हम आशा करते हैं कि अपने भीतर इस निष्काम प्रेम की ज्योत को जगाए रखेंगे और उसी के सहारे अपने जीवन के सफर को ज्यादा सार्थक और संतोषजनक रास्ते पर अग्रसर कर सकेंगे, जिससे हमारी देह, मस्तिष्क और आत्मा तीनों का एक साथ विकास हो।

प्रेम, करुणा, क्षमाशीलता और
समर्पण का जीवन हमें मुक्ति की ओर ले जाता है।

–माँ

आभार

मैं अपने पति सुधीर का धन्यवाद सबसे पहले करना चाहूँगी जिनके निरंतर सहयोग और प्रोत्साहन ने मुझे इस किताब को पूरा करने में समर्थ बनाया। यह काम अपने हाथ में लेना एक बहुत बड़ी जिम्मेदारी थी और मेरी क्षमताओं में उनके भरोसे ने ही मुझे अपने ईश्वर यानी माँ को पुष्पांजलि अर्पित करने का सपना पूरा कर पाने में मदद की है।

मेरे दो बच्चे अंगना और आयुष मेरी प्रेरणा और ताकत का स्रोत हैं। उन्होंने मेरी इस किताब के लिए मुझे बहुत वक्त दिया और लगातार मेरे साथ इस काम में जुड़े रहे। मुझे मातृत्व का सुख देने के लिए भी मैं उनकी आभारी हूँ।

मेरे मम्मी-पापा को मेरा आभार, जिनके सहयोग से माँ के साथ अपना सफर मैंने शुरू किया और उनका मुझे लगातार माँ के साथ बने रहने में सहयोग मिलता रहा।

विशेष आभार मैक्रोबायोटिक के मेरे शिक्षक साइमन ब्राउन का, जिन्होंने अपने विचारों को संयोजित कर के उन्हें बुनने में मेरी मदद की।

मैं दिल से मीनू, नितिन भैया, माँ के परिवार और श्याम बाबा के उन तमाम भक्तों को धन्यवाद देना चाहूँगी जिन्होंने माँ और बाबा के बारे में जानकारी जुटाने में मेरी मदद की।

इन सब से ऊपर और सबसे अहम बात यह है कि मेरी यह यात्रा इसलिए संभव हुई क्योंकि सनी भैया का मुझ पर विश्वास बना रहा। माँ के गुजरने के बाद उनका सहारा नहीं होता, तो मैं वह नहीं होती जो आज हूँ।

मैं पूरी विनम्रता से यह पुस्तक माँ को और मानवता के प्रति उनकी सेवा को समर्पित करती हूँ। इस किताब से आने वाली रॉयल्टी खाटू में माँ की धर्मशाला को दोबारा बनवाने में काम आएगी। सनी भैया के साथ मिलकर मैंने यह जिम्मेदारी अपने हाथ में ली है। माँ की आस्था और प्यार के प्रति यह मेरा छोटा-सा योगदान है।

मेरा धन्यवाद मेरे पब्लिशर रूपा को, जिन्होंने मेरे सपनों को समय से सार्थक बनाने में मेरी मदद की।